宵桜…

潮鳴…

透月…

暁雪…

## CONTENTS

## PROFILE

| | |
|---|---|
| **和泉勝利** | 大学２年生。いとこのかれん・丈と２年間同居していた。 |
| **花村かれん** | 光が丘西高校の美術教師。年下の勝利と想いあう仲。 |
| **花村　丈** | 姉と勝利の恋を応援する、ちょっと生意気な高校１年生。 |
| **マスター** | 喫茶店『風見鶏』のオーナー。かれんとは実の兄妹。 |
| **星野りつ子** | 大学の陸上部マネージャー。勝利に想いを寄せている。 |
| **花村佐恵子** | ロンドンから帰国したかれんと丈の母親。 |
| **石原京子** | 中学３年から丈と付き合っている、勝ち気な少女。 |

**◆前巻までのあらすじ**

高校３年生になろうという春休み。父親の九州転勤と、叔母夫婦のロンドン転勤のために、勝利は、いとこのかれん・丈姉弟と共同生活をすることになった。しぶしぶ花村家へ引っ越した勝利を驚かせたのは、高校の美術教師となったかれんの美しい変貌ぶりだった。

五歳年上の彼女を愛するようになった勝利は、かれんが花村家の養女で、彼女がかつて慕っていた『風見鶏』のマスターの実の妹だという事実を知る。そんな勝利に、かれんは次第に惹かれはじめ、二人は秘密を共有する仲になる。

ところが、勝利が大学生となっても、二人の仲は進展しない。焦りを覚えた勝利は、叔母夫婦の帰国、父親の再婚・帰京を機に一人暮らしを始める。

そんななか、同級生の星野りつ子は、勝利への想いをなおも断ち切れずにいた。その姿に心を痛めながらも、ひとり、何かを悩んでいるかれんの様子が気になってならない勝利は、バイト先の『風見鶏』で失敗を重ね、ついにマスターの怒りをかってしまう。

その夜、かれんは介護福祉士を目指し、鴨川へ行くつもりであることを勝利に告げるのだった。

# 優しい秘密

おいしいコーヒーのいれ方Ⅷ

# I JUST CALLED TO SAY I LOVE YOU

## 1

買ってきた食材の袋をキッチンのテーブルに置き、部屋の窓を細く開けてまわると、雨音とともにひんやり湿った空気が流れこんできた。

夏の雨とは、もう匂《にお》いからして違っている。これからはひと雨ごとに涼しくなっていくんだろう。

吹きこむ心配のないベランダのサッシだけは大きく開け放ち、たっぷりと風を入れる。部屋からもれる明かりに照らされたベランダの隅《すみ》、室外機の上に置いた鉢植えのホオズキが夕闇《ゆうやみ》にくっきりと浮かび上がる。まるでミニチュアのランプのようだ。

それは、まだ夏の盛りの頃に大家のヒロエさんがわざわざ持ってきてくれたものだった。彼女の義父にあたる、あの耳の遠いおじいさんが種から育てたのだそうだ。

ぼんやりと眺《なが》めやりながら溜《た》め息《いき》をつく。

こんな天気でも、かれんは来てくれるんだろうか。

急な用事があるというわけじゃなし、僕が勝手に誘っただけだから、もしかするとまた別の日に、ということになるかもしれない。だとしたら、今から二人ぶんの料理を作っても無駄《むだ》になってしまう。

(だからって、まさかそれくらいのことで学校に電話するわけにもいかないしな)

来ないとなったら彼女のほうから電話してきてくれるだろう。仕方なくそう思い定めて、僕はキッチンに戻り、ニンニクをむいて刻《きざ》み始めた。続いてタマネギとニンジンを刻みながら、あくびをかみ殺す。よく眠れない夜が、これで何日続いているだろう。

ゆうべ噴水公園のベンチで一緒に弁当を食ったあと、かれんを花村《はなむら》家の前まで送り届けて部屋に戻ってきたのが十時過ぎ。ベッドに入ったのは十二時前だったはずなのだが、考えなくてはいけない事が多すぎて、頭の中がガヤガヤうるさくて、どんなにきつく目を閉じても真正面からサーチライトに照らされているかのようで——朝方降り出した雨音に誘

われるように、ようやくうつらうつらしたかと思ったら、あっという間に目覚まし時計が鳴った。サボるわけにはいかない必修の経済学だった。

深めのフライパンに油を引き、刻んだものすべてをゆっくり炒《いた》める。挽肉《ひきにく》を加えてさらに炒め、トマトの水煮《みずに》を入れて煮込み、ミートソースが出来あがる間際に、輪切りのナスを加えて味をととのえる。

かれんのリクエストで、今夜のメインはラザニアだ。オレガノは少し控《ひか》えめに、かわりにタイムを強めに。ジャガイモのポタージュはつめたく冷やし、付け合わせのサラダはレタスとルッコラと、ほんのり桜色になるまで蒸《む》した小エビ。それに粗《あら》くおろしたパルミジャーノ・チーズをトッピング――僕より腕のいいシェフならゴマンといるだろうが、僕ほど彼女の好みを知りつくした奴《やつ》はどこにもいやしない。

耐熱の白い深皿に、とろみをつけたミートソースと、別に茹《ゆ》でておいた平たいパスタとチーズを交互に重ねていき、さらにいちばん上にチーズをたっぷりのせる。あとはオーブンに入れて焼くだけだ。

濡《ぬ》れたふきんで手をぬぐいながら、けれど僕は、またも長い溜め息をついた。料理の出来には自信があるが、満足の溜め息なんかではもちろんなかった。帰り道のスーパーで食材を調達している間もそうだ。一時間あたりの溜め息の数では、おそらく過去最高だったんじゃないかと思う。かれんの喜ぶ顔を想像しながら買い出しをするなんて、僕にとっては本来なら鼻唄がもれるくらい楽しいことのはずなのに——その直前に会ってきたばかりの、『風見《かざみ》鶏《どり》』のマスターの厳しい表情が脳裏をよぎるたび、上向きになりかけた感情がガクンと後ろへ引き戻されてしまう。まるで太い鎖《くさり》で足首をつながれているみたいに。

(自業自得《じごうじとく》ってやつだよな)

と思った。そう、すべては僕が自分で招いたことなのだ。

僕が『風見鶏』でやらかした失敗の中身を、万一かれんに知られたら……。

想像してみただけで、死ぬほど恥ずかしかった。その時の僕の頭の中がどれくらい彼女でいっぱいだったかを知られるのは、それに輪をかけて恥ずかしかった。かれんのほうは、この部屋に遊びに来ることを一度は我慢《がまん》してまで自分の現在と未来のことをきちんと考えようとしていたのに、僕はといえば、ただひたすら彼女のことだけで頭がぱんぱんで、自分自身のことなんか何ひとつ考えられなくなっていたのだ。

しっかり、しなければ。

仕込みの終わった料理を前に、僕はきつく唇を噛《か》んだ。

せめて今は、しっかりしているフリをしなければ。かれんにだけは、こんな情けないところを見せるわけにはいかない。

と、そのときだ。

外の階段を上がってくる足音が聞こえた。やがてキッチンの窓の外を、小さな愛《いと》しい横顔が通り過ぎ、一瞬おいて控えめなノックが響く。ドアの横には呼び鈴のボタンもついているのだが、大げさなメロディが鳴り渡るのが彼女はあまり好きではないらしい。

急いで出ていき、玄関のたたきに転がっている靴を踏んでドアを開けてやると、かれんは少し照れくさそうに僕を見上げて、

「はい、おみやげ」

とケーキの箱を差しだした。もう一方の手に持った傘《かさ》の先から、しずくがぽたぽた滴《したた》っている。

「濡れなかったか?」

「うん、大事にかかえてきたから大丈夫」

「ケーキじゃなくて、お前がだよ」

「あ、なぁんだ」かれんは笑った。「ええ、私も大丈夫よ」

でも、傘をドアの外にたてかけ、律儀《りちぎ》に「おじゃまします」と言いながら靴をそろえて上がってきたところを見ると、彼女の紺色《こんいろ》のスカートは案《あん》の定《じょう》、裾《すそ》のほうがしっとりと濡れていた。淡いラベンダー色のカーディガンの肩にも、そしてゆるやかに波打つ髪の先にも、まるで透明なビーズのような細かい水滴がついている。

「そのままだと風邪《かぜ》ひくぞ」

「すぐ乾くわよぅ。べつに寒くないし」

「ばか、寒いと思った時にはもうひいた後なんだってば」

奥の部屋のクローゼットから、持っている中で一番新しいトレーナーとジーンズを出してきて、強引に彼女に手渡す。

「ほら、そっちで着替えろよ。誰も覗《のぞ》きゃしないからさ」

「…………」

「なんだよ。覗いてほしいのか?」

かれんが慌《あわ》ててぷるぷると首を横に振る。

「脱いだ服はそのへんに吊《つ》るしときな。帰る時まだ濡れてるようなら、ドライヤーか何かで乾かしてやるから」

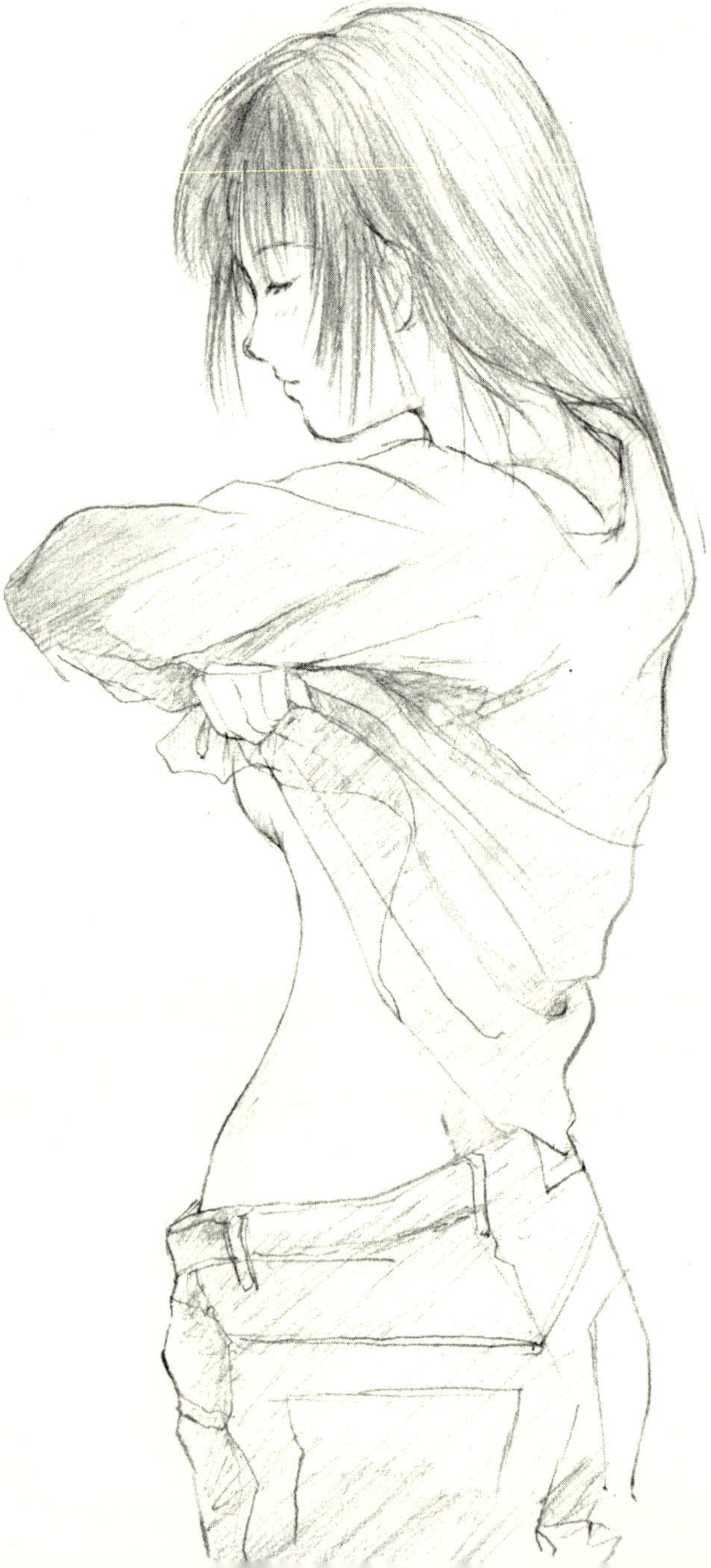

帰る時まだ濡れているようなら、泊まっていけばいい——本当はそう言いたかったけれど、言ったところでどうせ無理なのはわかっている。

着替え終わったかれんが奥の部屋から出てきたのは、僕がドレッシングの用意を終え、温めておいたオーブンにラザニアの皿を入れた時だった。

「ホオズキ、だいぶ赤くなってきたね」

声のほうに目をやると、彼女はベランダに首をつき出していた。

「母さんのオモトも、葉っぱがつやつやして元気そう。ショーリ、ちゃんと世話してあげてるんだ」

タイマーをセットしておいて、僕は部屋を横切り、彼女のすぐそばへ行った。

「まあ、せっかくもらったからには一応な」

さっきのホオズキの隣《となり》では、同じく鉢に植えられたオモトが濃い緑色の葉をひろげている。ここへ引っ越してくる時、縁起ものだからと佐恵子《さえこ》おばさんに無理やり押しつけられたのだ。

「けど、なんだって一人暮らしの男の部屋に、よりによってオモトとホオズキなんだろうな」と僕は言った。「どうせなら料理に使えるハーブとかのほうがありがたいのに」

「あら、ホオズキは食べられるのよ？」

「え、マジで？」

「シロップ漬けにすると甘酸っぱくておいしいんだから。こんど、作ってみたら？」

「うーん……。まあ、ほんとに食糧難になったら考えてみるよ」

あはは、と笑う彼女の横顔に、僕は思わず見とれた。

グレーに紺色のロゴの入ったトレーナーの袖《そで》をまくりあげ、ジーンズのウエストをベルトで絞《しぼ》り、裾をいくつか折り返して着ているだけなのに、どういうわけだろう、ものすごく色っぽく見える。こうして斜め後ろに立っていると、襟《えり》ぐりからのぞくきゃしゃな首筋にそっとキスをしたくてたまらなくなってくる。それだけじゃ足りなくて、いきなり嚙みついて歯形まで残したくなる。

だが、同じこの口でゆうべ、〈自制心には自信がある〉などと豪語《ごうご》してしまった手前、僕は必死の努力で目をそらし、

「そのへんに座《すわ》ってテレビでも見てなよ」キッチンに戻りながら言った。「出来たら呼ぶからさ」

「私も手伝うー」と、かれんがついてくる。「何か出来ることない？」

「そうだなあ。手伝わないでくれることくらいかな」

「ひっどぉーい」

ぷぅっとふくれた彼女に、笑って僕は言った。

「嘘《うそ》だよ、もう何にもすることないだけ。いいからゆっくり座っててなって。どうしても俺のそばにいたいって言うなら止めやしないけどさ」

かれんは、真顔で舌を出した。くるっと僕に背中を向け、

「ふーんだ。向こうで何かCD聴いてよぉーっと」

「ハイハイどうぞ」

僕は冷蔵庫を開け、鍋ごと冷やしておいたスープを取り出した。

「それとも、雑誌でも読んでよっかなー」

「ハイハイお好きに」

「そうだ、ベッドの下とかも覗いちゃおーっと」

「ハイハ……。ちょっと待て」

きゃははは、と笑い声をあげて奥の部屋へ逃げたかれんが、ぺたんと畳《たたみ》に腹這《はらば》いになってベッドの下を覗こうとするところへ、一瞬早く追いついた僕は背中にのしかかって押さ

えこんだ。かれんが、おかしくてたまらないというように笑いながら暴《あば》れる。

「やーらしー。ショーリったら、やっぱり何か、見られるとまずいものがあるんだー」

「ねぇよそんなもんっ」

「じゃあ、どうして隠《かく》すのよぉー」

「そ、掃除してなくて汚《きたね》ぇからだよっ」

「嘘ばっかりー」

もちろん嘘だった。

「ほんとは、エッチな雑誌とかいっぱい隠してるんでしょぉ」

「そんなことないって」

こっちは嘘じゃない。〈いっぱい〉じゃなくて、せいぜい数冊だけだ。

それにしても迂闊《うかつ》だった。ベッドの下なんて、女を部屋によぶと決まったらまず最初に片づけておくべき場所のはずなのに、すっかり油断してしまっていた。だって、かれんだぞ。そういうことにはとんとウトいはずのこいつが、いったい何で……と思いかけたところへ、

「丈《じよう》の言うとおりだったわ」

　と彼女がぶつぶつ言った。

「なんだって？」

「今朝《けさ》、私が母さんに『帰りにショーリのとこ寄ってくる』って話してたら、丈がニヤニヤしながら『姉貴、いいこと教えてやろっか』って。『勝利《かっとし》んとこ行ったら、ベッドの下とか机の引き出しの奥とか、こっそり覗いてみな、いいもんが見つかるから』って」

（……あンの野郎〜〜〜〜！）

「そうそう、引き出しよ、引き出し」

「駄目《だめ》だっつの！」

　起きあがろうとするかれんを再びねじふせる。あんなもの覗かれたら身の破滅《はめつ》だ。あの引き出しの奥には、当の丈がよこした〈気持ち〉の箱詰《はこづ》めが入っている。ったくあいつめ、今度会ったらタダじゃおかねえぞ、とかなり本気で腹を立てながら、じたばた暴れまわるかれんを羽交《はが》い締《じ》めにしていると、

「やぁーん、見たい〜。見る〜」

　かれんが腹這いのまま、苦しまぎれに片手を机のほうにのばした。まるで「み、水をくれ」みたいな手つきだ、と思ったとたん、ふいに爆発するようにおかしさがこみあげてき

て、僕は思わずぷーっと噴《ふ》きだしてしまっていた。

力がゆるんだ隙《すき》に逃れようとするかれんを慌てて捕《つか》まえ、力ずくで仰向けにする。プロレス技をかけるようにして荒っぽくのしかかった僕の下で、彼女がけらけら笑っている。互いの体が笑いに大きく揺れるのがよけいにおかしくて止まらなくて、

「は、腹ッ……腹痛《い》てぇっ」

「ショーリってば重い〜、どいてよぉ」

「どいたらお前、引き出し覗くだろうが」

「もう覗かないから」

「絶対？」

「ぜったい」

「誓えんのかよ」

「…………」

「ほら見ろ、てめえ」

身をよじって笑い続ける彼女が、目尻に涙をにじませて悲鳴をあげる。

「ダメもう、私もおなか痛い〜」

その顔を覗きこんだ時だ。

瞬間、ギクリとした。と同時に、胸の奥ですうっと醒《さ》めるものがあった。目の前のかれんと面差《おもざ》しの似た顔――実の兄である、あのマスターの険《けわ》しい顔が脳裏に鋭くフラッシュバックして、僕を現実へと引き戻したのだ。

(またかよ、ちきしょう)

なんだって今こんな気分にならなきゃいけないんだ。こんな時こそ、かれんのことだけ考えていればいいじゃないか。自分のことは彼女が帰ってから考えればそれでいいじゃないか。ようやくこうして二人きりになれたというのに、雨の中、せっかく彼女が遊びに来てくれたというのに、この貴重な時によけいなことを考えるなんてまったく馬鹿としか言いようがない。

(まさかこの先かれんの顔を見るたびに、こんなふうにマスターの顔を連想しては萎《な》えるなんてことになるんじゃないだろうな)

冗談じゃねえぞ、と歯ぎしりしかけた時――。

見上げてくる視線に気づいて、またギクリとなった。

腕の中のかれんがいつのまにか笑いやんで、その茶色く透《す》きとおった瞳で僕をひたと見

つめている。彼女の顔がこんなに近くにあったことに今ごろ気づいてどぎまぎしてしまう。今の今まで、隠しているヤバいものを見られないようにするのに必死で、それどころではなかったのだ。

「ショーリ」

「……え？」

訊《き》き返すと、かれんはとても静かな声で言った。

「何か、ほかにも私に隠してない？」

「い……いや、そりゃまあ俺も男だしさ、いろいろその、」

「ううん、そういう意味じゃなくて」

ひどく真剣な目だった。

「何か、気になってることとか心配事とか、あるんじゃない？」

僕は、思わず唾《つば》を飲みこんだ。かれんにはきっと、大きく動いた僕の喉仏《のどぼとけ》が見えただろう。こういう時に上手にしらを切ることさえできない自分に腹が立つ。

「別に何もないよ」と、それでも僕は言った。「――なんで」

「ん……。ほんとはね、ゆうべ学校の前で待っててくれた時から思ってたの。ショーリ、何となくいつもとちょっと違うから」

「そうかな。どこが？」

「どこがって、うまく言えないんだけど。何て言えばいいのかな、気持ちがどこか閉じてるっていうか、さわろうとしてもパシッて跳ね返されちゃうっていうか。なんかこう、静電気がぴりぴりしてるみたいな感じ」

「気のせいだって」

「でも、そうなんだもの。もしかして……」

「うん？」

「浮気してる男の人ってこんな感じなのかな、なんて」

「してないよ、俺！」

「わかってるわよう」かれんは、くすくすっと笑った。「それは単なる物のたとえだけど」

「──なんだよ、焦《あせ》ったぁ」

「え？」

「てっきりバレたのかと思った」

かれんが笑いながら、「もぉ」と頬《ほお》をふくらませる。

不自然にならないように気をつけながら、僕はそっとかれんの上からどいた。それ以上、胸と胸を重ねていたら、心臓の音の変化に気づかれてしまいそうだったからだ。かれんが〈浮気〉と口にした瞬間を境に僕の動悸《どうき》はやたらと速くなっていて、もちろんそれは星野《ほしの》りつ子との抜き差しならないあれこれを思い浮かべたからで、僕としては決して浮気のつもりなんてないにしろ、かれんに対して後ろめたい気持ちがまったくないかと言えばそんなこともないわけで——。

ごろんと畳に仰向けになり、天井を見上げる。

「ごめんな、心配かけて」

「ううん」

「ここんとこ、ゼミの課題とか部活のほうの記録不振とかが重なって、ちょっと煮詰まっててさ。けど、それだけだよ。何にも隠してることなんかないよ。って言うか、隠そうと思って隠せるほど、俺ふところ深くないしさ」

「ほんとに?」

「ああ」

「ほんとに、ほんと?」

「ああ」

「……なら、いいけど」

　かれんは僕のほうに寝返りを打ち、

「でもね、ショーリ」じっと僕を見ながら言った。「何かで悩んだ時は、もし嫌じゃなかったら、私にも話してね。私、いっつもショーリに相談に乗ってもらうばっかりで、ショーリの力になってあげられたことって今まであんまりなかったから」

「そんなことないよ」

「ううん、そうなのよ。そりゃあ、私ってばこんなふうだし、えらそうに言ってもたいしたことはしてあげられないかもしれないけど」

「そんなことないって」

「ずっと、気になってたの。ショーリは何でも自分でできる人だし、私だってショーリのそういうところをすごくいいなぁとは思うのよ？　でも、いつも自分のほうが頼るばっかりっていうのも、それはそれで寂《さび》しいものなんだからね」

　僕は、頭をめぐらせて彼女を見やった。切れ長の目が、訴《うった》えるように、祈るように、僕を見つめている。

「時には、ちょっとでいいから私のことも頼ってね」と、かれんはささやいた。「もちろん、ショーリがほんとにそうしたいって思った時だけでいいんだけど」

ひじをついて上半身を起こし、僕は、かれんの頬に手をあてた。

親指でそっと頬を撫《な》でる。肌ではなく、うぶ毛だけに触《ふ》れるようにかすかに撫で続けていると、彼女のまぶたがゆっくりと閉じられ、かわりに唇が半びらきになって、そこからふっと吐息《といき》がもれる。

僕は、顔を寄せていって、小さくキスをした。可能な限り優しいやつを。

そして言った。

「お前、自分のこと全然わかってないのな」

かれんが、薄く目をあけた。「……そうかなあ」

「俺、これでもけっこうお前のこと頼ってるよ」

「……嘘よ」

「ほんとだって。お前の気づかないところで、かもしれないけどさ」

「たとえば?」

かれんの声がどんどん小さくなっていく。

「たとえば——」僕は、彼女の右手をとった。「これとかさ」

　中指にはめられている、銀の指輪。真珠とアクアマリンをあしらったあの二連の指輪を、あらためてよく見えるようにかれんのほうに向けてやる。

「お前がずっとこれをしてくれてるの見るだけで、俺、すっごい嬉しいしさ。嬉しいだけじゃなくて、何ていうか、誇らしいっていうか」

「——そんなこと」

「そんなことって言うなよ。俺にとっちゃすごく大きいことなんだから」

　ピピッピピッという電子音がキッチンから聞こえてきた。ラザニアが焼き上がったのだ。

　でも僕は、かまわず言った。

「なあ」

「……ん？」

「なんで俺がわざわざ、中指用のやつを贈ったかわかる？」

　かれんが、首を横にふる。

「由里子《ゆりこ》さんにこれ作ってもらう時にさ、一応訊かれたんだ。左手の薬指用のじゃなくていいのかって。男はたいていそういうものを贈りたがるって。けど俺、いいって言った。

俺らにはまだ早いんじゃないかと思ったから。いや、いつかそういうのを贈る相手はお前しかいないってことはわかりきってるんだけどさ、俺自身がまだそこまでちゃんとしてないっていうか……一人前とは到底言えないから。でも、今考えても、そうして良かったと思うんだよな。だって、お前のそっちの手の薬指が空《あ》いてるの見るたびに俺、頑張ろうって気になれるもん。早くそこに指輪を贈れるくらいの自分になろうって」

「……ショーリ」

「そんなふうに、お前はさ、自分じゃ特別なこと何にもしてないように思うかもしれないけど、実際には俺のためにいろんなことといっぱいしてくれてるんだよ。ただそこにいるだけでさ。――うーん、なんか我ながら言ってて背中がこそばゆいな。やめやめっ」

かれんの鼻をきゅっとつまんでおいて、勢いよく起きあがり、

「さ、もう食えるぞ。腹へったろ」

腕を引っぱって起こしてやる。

「ほら、さっさと立って先に行く」

かれんが、きょとんと僕を見上げる。「どうして先じゃなくちゃいけないの？」

「お前だけ残してったら、どこ覗かれっかわかんなくて危ねえ危ねえ」

彼女は、ぷっと笑った。それでもまだどこか寂しそうな彼女に、

「大丈夫だっての」と、僕は言った。「もし本当にこの先、何かで悩んだときは、ちゃんとお前に相談する」

かれんが、黙って上目づかいに僕を見る。

「約束するってば」

彼女は、ようやくおずおずと微笑《ほほえ》んで立ちあがった。

かれんの後ろについて部屋を出ながら、僕はふと、彼女が鴨居《かもい》に吊した服を見やった。

カーディガンとスカートが上下に干してあるせいだろう、目の端に映ったとき、まるで彼女自身がそこに立っているかのように見えたのだ。

なんだか急に、落ち着かなさを覚えた。

もう一人の彼女に、すべてを見透かされていたようで。

## *2*

「じゃ、これな。——ご苦労さん」

マスターのごつい手が、僕の前に封筒を置くと、中の半端な小銭がカウンターにあたって固い音をたてた。

昼の客がひけたところで、店にはほかに誰もいない。外は見事な秋晴れだったけれど、窓から差しこむまばゆい光に背を向けて、僕はじっと封筒を見つめていた。

胸が、痛い。いや、胸なんだか胃なんだか、よくわからない。考えて、考えて、マスターとも話し合って、最後は自分で決めたことのはずなのに、またしても決心がぐらついている。こういう事態を招いたのはすべて自分のせいだと頭ではわかっているのに、マスターを恨《うら》みたくなってしまう。

〈そこを出ろ〉

と、マスターに言われたあの日から、今日でちょうど一週間。

〈あとはどうとでも好きにしろ。それでもここのバイトを続けるか、いっそ辞《や》めるか。辞めたいなら辞めてかまわんぞ。そうとなりゃ新しい店員を募集するまでだ〉

僕は、横目で入口のガラス窓を見やった。まだ店員募集の貼《は》り紙《がみ》はないけれど、それはマスターのいわば〈武士の情け〉みたいなものだった。でもそれも、こうして僕に最後のバイト料を渡してしまうまでのことだろう。

――と、目の前にマグカップが置かれた。客に出すやつじゃなくて、僕が先週まで休憩のときの自分用に使っていたやつだ。

目をあげると、マスターは、ヒゲに覆《おお》われた顎《あご》をしゃくって言った。

「飲めや。うまいぞ」

そんなの百も承知だ、と思った。そもそも僕が弟子《でし》入りまで志願したのは、マスターのいれるコーヒーの味にぞっこん惚《ほ》れたからこそじゃないか。

ある冬の夜、偶然この店に立ち寄り、足しげく通うようになり、後にかれんや丈もここの常連だと知ることがなかったら、僕は転勤する親父《おやじ》たちの陰謀が持ちあがったときもマスターに愚痴《ぐち》などこぼさなかったろうし、マスターの助言がなければ、かれんと丈との三人暮らしも実現しなかったろう。一緒に暮らしていなかったら僕がかれんに恋することも、ましてや彼女が僕に思いを寄せてくれることもなかったはずだ。そういう意味では、マスターは僕にとって〈珈琲道《コーヒーどう》〉を極めるための師匠《ししょう》であるだけじゃなくて、まさに恩人なのだ、と――。

ほんとうに、理性ではそう思う。でも、それならマスターの言うことをもっと素直にきけそうなものなのに、ねじくれた気持ちが、冷静な判断の邪魔をする。まるで、ドアの外にいる者をしめだそうと必死にノブを握りしめているガキみたいだ。

（こんなふうだから）と僕は思った。（井の中の蛙《かわず》なんて言われるんだろうな）

　マスターの逆鱗《げきりん》に触れたあの日の翌日――つまり、かれんが部屋に来てくれた雨の日の昼間――僕は意を決して開店間際の『風見鶏《かざみどり》』へ出かけていき、額《ひたい》が膝《ひざ》につくくらい深く腰を折って、カウンターの中に入れなくてもいいからバイトだけは続けさせてほしい、挽《ばん》回《かい》のチャンスを与えてほしい、と頼んだ。けれど、マスターはそんな僕に向かって、静かに言ったのだった。

〈その件だがな、勝利。お前、いっぺんここを離れてみちゃどうだ〉

　まだ深々と頭を下げたままだったせいで、その低い声は、僕の頭上から降ってきた。

〈見知った顔ばかりに囲まれて得意な仕事をしているのは、楽で居心地がいいだろうさ。だが、それじゃお前はいつまでたっても今より大きくはなれんぞ。井の中の蛙、大海《たいかい》を知らず、ってな。――なあ、勝利。当たり前のことだが、世の中にはいろんな奴《やつ》がいる。人間として上等な奴もいれば、そうでない奴もいる。毎日を精一杯生きようとしてる奴も、生きながら死んでるような奴も、本当に様々さ。しかし、いずれにしてもお前がこのまま楽な場所で傍観者を決めこんでいる限り、誰との接点も生まれやしない。世の中ってもの

はな、初めからそこにあるわけじゃない。自分の足でそのド真ん中を歩くとき、初めて、世の中になっていくんだ。お前もそろそろ自分から出ていって、広い世界を見る努力をしたほうがいい。今度のことはある意味、いい機会だと思うがな〉

要するにその一件こそが、あの夜かれんには話せなかった溜《た》め息《いき》の原因だった。いくら彼女があんなふうに言ってくれたからって、『風見鶏』を自分の失敗でクビになったなんて言えるわけがない。ほかのバイトとはわけが違うのだ。

「さめるぞ」

低い声に、我に返った。

のろのろとマグカップに手をのばす。

「――いただきます」

口をつけようとしたとたん、それより先に芳醇《ほうじゅん》な香りが鼻腔《びこう》を刺激し、細胞の隅々《すみずみ》に染みこんでいく。湯気と香りを吸いこんで、ひとくち含む。苦《にが》み、酸味、渋みの絶妙なバランスが、じわじわと舌の根にしみわたる。のどを通ってすべり落ちていく液体の、こうばしい残り香がふっと鼻に抜けた時、脳がいっぺんに覚醒する。

――うまい。文句なしにうまいコーヒーだ。僕がどれほどベストを尽《つ》くしても、この味にはやはりかなわない。

「どうだ」

僕は、ただ黙ってうなずくしかなかった。

「いいか、勝利」

麻の布でグラスを磨《みが》きながら、マスターは低く言った。

「一つでいいから、どんな時にも揺《ゆ》るがないものを持て。うまいと思うコーヒーの味でもいい。あるいは、手本にしたい誰かの背中でも、胸に響いた言葉でもいい。そういう、まわりの状況に左右されない自分だけの基準があれば、いざという時に方角を見失わずにすむ。ちょうど、どこからでも見える高い塔みたいなものさ。知らない場所で、たとえ進む道がわからなくなっても、そこへ立ち戻りさえすればまた一からやり直せる」

「…………」

僕は、ゆっくりとコーヒーを飲みほした。

ポケットをまさぐり、小銭を取り出して払おうとすると、マスターは苦笑まじりに言った。

「いらんわ、ばかもん」

「……そう。じゃあ、ごちそうさま」

立ちあがり、頭を下げて、ドアへ向かいかけた背中に、

「おい」

ふり向くと、マスターはカウンターの上を顎でさした。

「忘れもんだ」

空《から》のマグカップの横に、縦長の茶封筒。もちろん、忘れたわけじゃない。忘れるわけがない。

「もらえないよ」

と、僕は言った。

「ほう」マスターの目が、すうっと細くなる。

「お前、いつから、稼《かせ》いだ金を俺に恵んでくれるほどえらくなった？」

「そ、そういうわけじゃないけど……」

「けど？」

「いっぱい、迷惑かけたし」

「それとこれとは別だろうが。働いてくれた分に関しては、きちんと支払う。お前も、労働の代価はきちんと受け取れ。それがケジメってもんだ」

「…………」

仕方なく、戻って封筒を手に取った。

ひどく、軽いような。それでいて、これまでで一番重いような。こんな、意味合いも額も中途半端な金、いったいどうしろというんだろう。いたたまれなくて、尻のポケットにねじこむ。

「お前なあ」マスターは溜め息をついて言った。「もう少しシャキッとしろ、シャキッと。若いくせに、背中が丸すぎるぞ」

「……わかってるけど」

「ケドも多すぎる。ったく、この世の終わりみたいな顔しやがって。言っておくが、自分を憐《あわ》れみ始めたが最後、ドツボにはまっていくだけだぞ。だいたいお前なんぞ、ただのバ

イトの身だろうが。会社をリストラされたサラリーマンなんかに比べりゃ、はるかにお気楽ってもんだ」

「そりゃまあそうだろうけど。……あ」

マスターが、やれやれと首を振る。

「おい」

「……うん?」

「お前さっき、俺に迷惑かけたとか言ったな」

「……うん」

「よし。なら、罰をやる」

「え」

「さぞかし気まずいか知れんが、たまにはここへ寄って、ちゃんと金払ってコーヒー飲んでけ」

僕は、目をそらした。

「返事は」

「…………」

「返事だ、返事」

目を戻す。

濃いヒゲの奥で、唇の片端が三ミリくらい上がるのがわかった。

「――はい」

と、僕は言った。

井戸の底で、くよくよと我が身を嘆《なげ》いてばかりいる蛙《かえる》を想像してみる。

あまりの情けなさに、思わず苦笑いがもれる。

嘆いているだけの暇《ひま》や余力があるのなら、井戸から這《は》い上がる努力をするべきなんじゃないのか――。

(自分を憐れみ始めたが最後、か)

マスターの言葉がようやく腹の底まで届いて、徐々に体になじみ始めたのは結局、それからさらに十日ばかりが過ぎてからだった。言われていることの意味は最初から理解できていたはずだけれど、それはまだ直訳みたいなものでしかなくて、ひとつひとつを咀嚼《そしゃく》して自分なりに意訳するのにはどうしてもそれだけの時間がかかったのだ。

少なくとも、まだマスターから見限られたわけではないんだ、と僕は思った。『風見鶏』での挽回のチャンスは与えられなかったけれど、それさえも僕のこれから先を考えてくれたからであって、決して切って捨てられたわけではないんだ、と。

ただし、猶予《ゆうよ》は無期限じゃない。

（できるだけ早く、次のバイトを見つけなければ）

でないと、とうてい顔を上げて『風見鶏』に出入りなんて出来やしない。

ともすればずるずると井戸の底に引き返してしまいそうな気分を無理やり奮《ふる》い立たせて、僕はその日、行きがけに駅のキオスクでアルバイト情報誌を二冊買い、階段教室のいちばん後ろに陣取って講義などそっちのけでページをめくった。

前のほうには、星野りつ子の小さな後頭部が見えていた。今日は水色のシャツを着ている。

テストが近くなったら、今日のぶんのノートは彼女に借してもらおう。僕のほうが彼女にノートを貸してやったことは何回もあるのだし、このへんで一回くらい借りを返してもらってもいい頃だ。

けれど、授業が終わると星野は僕のほうを見上げもせずに、仲のいい橋本《はしもと》さんを促《うなが》してそそくさと教室を出ていってしまった。それは、かなり珍しいことだった。いつもなら彼女は必ず僕を目でさがし、その後はたいてい橋本さんと三人で学食へ行くことになるのに。

(何か、星野の機嫌を損ねるようなことをしたっけかな)

少し考えたものの、思い当たる節はなかった。というか、本来なら思い当たる節だらけというべきなのかもしれないが、そのあたりのあれこれについて深く考えすぎると、星野とは口をきくことすらできなくなってしまう。

肩をすくめ、情報誌を丸めてかばんに突っこんで立ちあがった。学食へさえ行けば、部活の仲間が誰かしらいるはずだ。

――その夜のことだった。

寝転がってテレビをみていたら、八時台を半分くらい過ぎたころ携帯が鳴って、

「もしもし?」

出るなり、低い含み笑いに続いて、へんに色っぽい(というかカマっぽい)声が言った。

〈ねえねえ、お兄さぁん。どうせヒマしてるんでしょ? あたしとイイコトしない?〉

「切るぞ」

と僕は言った。

〈いやん。もしかして、あたしのこと忘れちゃったの？〉

「いっそ忘れ去りたいよ」

〈んもう、つれないのねぇん。でも素敵。シビレちゃう〉

「痺《しび》れてんのはそのノータリンのアタマじゃないのか」

〈あ、ひでぇー〉いきなり地声に戻って、丈の奴は言った。〈ちぇっ、つまんねえの。わざわざ非通知にしてかけたのに、なんでバレたんだろ〉

「お前以外にこんなアホな知り合いいないからだよ」

〈ぐすん。勝利クンたら、このごろ冷たくない？〉

無視して、

「で、何なんだよ、用件は」

と訊《き》いてやると、丈の野郎は一転、わざとらしくもオットリとした裏声になった。

〈何よぉ、用がなくっちゃかけちゃいけないのぉー？　ほんのちょっと、ショーリの声が聞きたかっただけなのにー〉

「誰の真似《まね》だ、気色悪い」と僕は言った。「用がないならほんとに切るぞ。じゃあな」

〈待ってってばさあ〉奴はとうとう、げらげら笑い出した。〈オレの用事じゃねえの。おふくろの代理でかけてんの〉

「おばさんの？」

〈うん。いっぺん、晩メシ食いに来いってさ〉

「ええ？　なんで」

〈なんでって、ヤなわけ？〉

「べつにイヤじゃないけどさ、なんで急に」

〈知らねえよぉ。でもさ、ほら、前にどっかの誰かが言ってたそうじゃん。時には甘えてやるのも親孝行だとか何とかさ〉

「……っ！」

どっかの誰かじゃない。それは、この僕がかれんに向かって言った言葉だった。ちょうど佐恵子おばさんがイギリスから戻ってきたばかりの頃で、なかなか二人きりになることができなかったから、同じ家にいながら夜中に電話なんかかけてひそひそ話したはずなのだ。なのにその話の内容を、

「なんでお前が知ってるんだよっ」

〈へっへー、壁に耳ありってやつ?〉

「てめえ、また立ち聞……」

〈ウソウソ、冗談だって〉と丈は笑った。〈姉貴がさ、こないだオレに向かって、おんなじような説教たれてさ〉

「ああ?」

〈だから、親に甘えるのも時にはって話をさ〉

「お前なんか、時にはどころか骨までしゃぶりつくしてるじゃないか」

〈だからぁ、姉貴にもそう言われたんだよ。たまにだから親孝行になるのよねぇ、って。そんで、言ったあとで照れたみたいに白状したわけ。元はと言えばこれも、前にショーリに言われたことなんだけどねー、なんちってさ。くぅ〜憎いネこの色男っ、このっ、このっ〉

「お前……ホンット、うぜぇ」

　とは言ったものの——。

　けっこう、嬉《うれ》しかった。そうして思い返してみれば、こんなに不甲斐《ふがい》ない僕だって、これまで付き合ってきた間には少しくらい彼女の役に立つこともあったんじゃないか。

〈でさ、どうする？　いつ来る？〉と、なぜか丈は勢いこんで言った。〈今週末とかは？〉

「なんだよ、ずいぶん熱心だな。今週末ならお前も家にいるのかよ」

〈あ、えっと……それはちょっと微妙？〉

「ああん？」

〈でもさ、来るなら早いほうがいいと思うなあ〉

「なんで」

〈だっておふくろ、勝利のこといっつも心配してんだぜぇ？　風邪《かぜ》ひいてないかとか、一人暮らしじゃ栄養がかたよりがちだとかって〉

「そりゃわかってるけどさ」

〈実の息子のオレのことより、勝利のこと心配してる時のほうがずっと多いくらいでさあ。こうして離れてるから気になっちまうってのもあるだろうけど、やっぱ、あれなんじゃねえ？　勝利のことは、亡くなった千恵子《ちえこ》おばさんのぶんまで自分がちゃんとしてやんなきゃって思っちゃうんじゃねえ？〉

「それもまあ、よくわかってるけど」

〈心配すんのが生き甲斐みたいなヒトではあるけどさ。たまには元気な顔見せて、安心さ

せてやってよ〉

「………」

〈この際、オバ孝行だとでも思ってさ。めんどくさいか知んないけど、ほら、よく言うじゃん。親孝行、したいときには親はなし、って。な？〉

まあ、言っていることはどれも間違っちゃいないが、それにしてもいったいなんだってここまで熱心に誘うんだろう？

「お前、今日はずいぶんと思いやりにあふれてんな」

〈あ、やだなーその言い方。オレはもともと思いやりのカタマリよ？〉

僕は電話のこちら側で眉《まゆ》を寄せた。

〈勝利だって、そろそろ家庭の味ってやつが恋しくなる頃っしょ？　何なら一晩くらい、ゆっくり家に泊まってってもいいんだしさ〉

そこでようやく、ピンときた。

「はっはぁん」

〈なんだよう〉

「うまいこと言いやがって、さてはお前、俺が留守の間、一晩この部屋貸してくれとか言うんじゃないだろうな」

〈げ、なんでわかんの〉

「お前の考えそうなことくらいお見通しなんだよ」

〈だーってさあ〉と丈は言った。〈京子《きょうこ》ってば最近、ますます積極的でさあ。いや、京子に罪はないのヨ。それもこれも、オレ様が美し過ぎるのが罪なんだから〉

「はあ？」

〈ったく、どうよ、この立ってるだけで垂れ流れるようなオトコの魅力はよ。何つうの？ホルモンむんむんっつうの？〉

　それを言うならフェロモンだろ！　と、わざわざツッコミを入れてやることすら面倒くさくて額《ひたい》に手をあてていると、丈はなおも調子に乗って言った。

〈いっそこれからはオレのこと、歩くホルモンって呼んでくれる？〉

「死んでも呼ばねえよ」

　いったい京子ちゃんは、こんな野郎のどこが良かったんだろう。こんど会ったら、今からでも遅くないから考え直すように言ってやろう。

――と、それまでへらへら笑っていた丈がふいに、

〈なあ、勝利〉がらりと真剣な口調になって言った。〈その……だめかな〉

「何が」

〈だから、部屋〉

「あ・た・り・ま・え」と、僕は冷たく言ってやった。「ったく、ひとんちをラブホ扱いしやがって」

〈…………〉

「みすみす京子ちゃんが餌食《えじき》になんのわかってて、貸せるわけないだろ？　常識で考えろっての」

〈…………〉

「もしもーし。丈？　……おい、そうイジケんなって。もしもし？」

返事がない。電話の向こうで、無音の状態が続いている。

電波が途切れたかと携帯の画面を見直したが、そういうわけでもなさそうで、おかしいな、と再び耳にあてた時だった。

〈常識なんて言葉が聞きたかったわけじゃ、ないんだけどな〉

どきりとするような低い声で、丈のやつは言った。

〈オレ、ラブホ扱いなんかしてねぇよ。っていうか、あいつ連れてラブホなんか行きたくないから困ってんじゃねえかよ〉

今度は、僕が黙りこむ番だった。

〈勝利だって、よく知ってんだろ？　ほんの十分でも、でなきゃ五分でもいいから二人っきりになりたいのに、そういう場所がどこにもない辛さをさ。勝利なんか、まだいいほうだよ。ずっと姉貴と同じ家で暮らせて、オレみたいな出来た弟に見守られてさあ。そりゃ親父とおふくろが戻ってきてからはイラつくこともあったろうけど、結局そうやって一人で部屋だって借りられてさ。オレらなんか、ケンカだってガッコの廊下《ろうか》とか、帰りの道端《みちばた》とかでするしかないんだぜ？　そんで、仲直りしたくたってせいぜい携帯でするっきゃないんだぜ？〉

「………」

〈そういうの、勝利ならわかってくれると思ったのにな〉

「——悪かったよ」

と、僕は言った。

〈なのに、常識がどうとか言われちゃたまんねえよ〉

「だから、悪かったって」

〈ったく、いいかげんキレそうだよ〉

「わかるけど、俺相手にキレてどうすんだよ」

〈………。ごめん〉

僕らは、ほとんど同時に溜め息をついた。

気まずい沈黙が漂《ただよ》う。

〈なんか、悪《わり》ィ。話がへんなほうに転がっちゃって〉苦笑混じりに丈が言った。〈なんつうかさ。何でも、焦《あせ》るとロクなことないよな〉

今の話について言ったようにも、京子ちゃんとのことについて言ったようにも聞こえた。

〈とにかくさ。うちには、飯食いに来るっしょ?〉

「ああ、行くよ」

〈おふくろには、いつって言っとく?〉

まだちょっと予定が見えないから、また電話する――。

そう言って、僕は携帯を切った。

再び寝転がり、絞《しぼ》ってあったテレビの音量を元に戻そうとして、結局やめた。誰かの恋

の話をきくと、妙に人恋しくなってしまうのはなぜなんだろう。

壁にかけたカレンダーに目をやる。せっかく花村家へ行くのなら、かれんが早く帰れる日がいい。あとで一応彼女に訊いてみてから日にちを決めよう。

そのまま、僕はしばらくぼんやり部屋のあれこれを眺《なが》めていた。かれんが片づけを手伝ってくれた本棚。横向きに置いた黒いカラーボックス。カレンダーのすぐ下のパイプベッドは、引っ越しの日、丈のやつが鼻唄混じりに組み立ててくれたものだ。

〈これってさあ、二人で寝るにはちょっと狭《せま》すぎんじゃねえの？　あ、でもそのほうがいいのか。狭けりゃ狭いだけ、ぎゅうっと抱き合って寝られるもんねー〉

そんな減らず口をたたいては、ゆでダコになったかれんにポカスカ叩《たた》かれていたのを覚えている。

――そういえばあいつも、来年の春には高二になるんだよな。

思えば、僕がかれんに惚《ほ》れたのも、高二の終わりだった。あのころ丈はまだ子供コドモした中坊で、手足の細長さばかりが目立っていたのに、いつのまにか背丈も肩幅も僕とほとんど変わらなくなり、野太い声で話すようになり、好きな子をラブホなんかに連れて行きたくないなんてことを平気でぬかすようになり……。

思わず、苦笑がもれる。なんだかひどく年を取ったような気分だった。

——仕方がない。この際、一肌脱いでやるとするか。

久々に花村の家に泊まりかな、と思ってみる。

丈のやつが、必ずしも自分で言うほど「出来た弟」だったとは思いたくないが、それでもやはり、彼がいなくても、かれんと僕の今は無かったに違いないのだ。

## 3

大学の友人たちの中には、当たり前のことながら地方から出てきている者もけっこういて、その多くは、ときどき親元から届けられる宅配便の中身（米とか野菜とか、保存食とか防寒着とか）に文句をたれていた。

〈わざわざそんなもん買って送るくらいなら、そのぶん金送ってくれっての〉

そういうのを聞かされるたびに、僕はといえば付き合いで適当に相づちを打ちながらも、

（お前ら、心配してくれる親がいるだけでもありがたいと思えよな）

と内心苦々しく感じていたものだが——。

「さあさ、どんどん召し上がれ」

新たに目の前に置かれた煮物《にもの》の大皿を見て、僕は思わず呻《うめ》いた。

「佐恵子おばさん、もういいって。ゆっくり座《すわ》って一緒に食べようよ」

「大丈夫、ちゃんと食べてるわよ」

言いながらも、おばさんはひとときもじっとしてはいない。

土曜の夜。いつもより早めに帰ってきた花村のおじさんと、佐恵子おばさんと、かれんと、そして僕。

四人で囲む食卓がキッチンの小さなテーブルでは落ち着かないからと、その夜は居間での食事となったのだが、おばさんはまるで時計の振り子みたいに休みなくキッチンとの間を行ったり来たりしていた。

僕や花村のおじさんのグラスが空《から》になるやいなやビールを注ぎ、小皿がなくなれば新しいのを出し、料理は料理で出来たのから次々に運んでくる。

運ぶのはかれんにも手伝わせていたけれど、作ったのは当然おばさん一人だったはずで、いったいどれだけ時間をかけたのだろうと思ったら、ありがたさと申《もう》し訳《わけ》なさが半々といった感じだった。

　と同時に、ちょっとだけ、例の友人たちの気持ちがわかるような気もした。ここまで大げさに世話を焼かれてしまうと、正直なところ、少しばかり鬱陶《うっとう》しくなってくる。こんなことを考えるなんてバチ当たりだとは思うけれど、つい、後はもう自分で好きなようにやるからほっといてくれ、という言葉が口をついて出そうになる。叔母《おば》という人との――それも、今はもういないおふくろの妹である人との距離の取り方ってやつは、簡単なようで、けっこう難しい。

「ほら勝利、ごぼうの煮たのもカキフライも、いっぱい残ってるわよ。おかわりは？」

「いやもう俺、」

「遠慮しないで」

「してないよ遠慮なんか」

「じゃあもっと食べてちょうだいよ。今夜は丈も帰ってこないし、こんなに残されたって困っちゃうんだから。ほんとに丈ったらもう、よりによってこんな日に友だちのとこへ泊まりに行かなくたってねえ。土日は勝利が来るからねって、ちゃんと言っといたのに」

　ねえ、と、かれんを見やる。向かいのソファ、花村のおじさんの隣《となり》で、かれんは、熱々

の里芋《さといも》を頬《ほお》ばりながらハフハフハフと首をうなずかせた。

「いいよ、べつに」と僕は言った。「あいつとはふだんからしょっちゅう会ってるんだし」

ほんとは〈友だちのとこ〉なんかじゃないんだけどな、と膝《ひざ》に目を落とす。何しろ当人は今ごろ、僕の部屋で京子ちゃんと二人、念願の水入らずを楽しんでいる真っ最中に違いないのだ。

「まあ、あいつにはあいつの事情があるんだろうしさ」

「それにしたって、ねえ。せっかくご馳走《ちそう》だってこんなに作ったのに、もう、張りあいがないったら。いっそのこと、今からでもやっぱり帰ってきなさいって電話しようかしら」

「えっ！　そ、それはいくら何でもやっぱ、アレでしょ、可哀想《かわいそう》ってもんでしょ」

「可哀想なのはこっちだわよ」

「いや、でもさあ」

なんだってあいつのために冷や汗をかかにゃならないんだ、と思いながら、僕は急いで、おばさんを納得させる言葉を探した。

「あの年頃ってさ、親とかイトコなんかより友だちのほうがうんと大事でさ。俺にだって覚えがあるけど、でもそれが普通なんだよ。そうやって自立心みたいなもんが育ってくわけでさ」

「そういうものかしらねえ」

残ったポテトサラダを菜箸《さいばし》できれいに寄せ集めながら、佐恵子おばさんはやれやれと首を振り、なぜだかちらっとさぐるように僕を見た。

「あの子ときたら、このごろ何考えてるのかよくわからなくて。この子が高校生の頃は、もっと色々話してくれたのに。ねえ、そうだったわよねえ?」

と、再びかれんを見やる。

かれんは微笑《ほほえ》んで肩をすくめた。「しょうがないわよう。男の子だもの」

「そうだよ、そうそう」僕は勢いこんで言った。「男なんてそんなもんだよ。あんまりこう、干渉《かんしょう》しすぎもよくないんじゃないの?」

かれんのけげんそうな視線にヒヤリとする。ちょっと露骨《ろこつ》にかばい過ぎたろうか。丈との約束で、今夜のことはかれんにさえ話していないのだ。

高校一年で、付き合っている彼女との間にそういう関係を持つのが、早すぎるのかそうでないのかは僕にも正直よくわからない。親や教師だったら眉《まゆ》をひそめることなのかもしれない。

でも僕はただ――自分のこの目でずっと見てきた丈を信じているだけだった。あの丈がきちんと京子ちゃんと話し合って選んだことなのだったら、僕が横からとやかく言うことではないという気がした。親に対して秘密を作る手伝いをしていることに少しの後ろめたさはあったけれど、そういう僕だって親に秘密なんか山盛り作ってきたのだし、それをあまり悪いことだとも思っていない。自分の力で責任が負えなくなることだけはするまいと思うけれど、丈だってその点では同じ考えのはずで、だからこそ、冗談めかしてではあるにせよ、〈気持ち〉の箱詰めなんかよこしたりするんだろう。あいつがああ見えて決して馬鹿でもいいかげんな奴《やつ》でもないってことは、この家で一緒に暮らした年月がはっきり証明している。

でも――。佐恵子おばさんにしてみると、息子の親離れがよっぽど寂《さび》しいのだろう、すっかり愚痴《ぐち》モードだった。

「つまんないわねえ、男の子なんて。せめてもう少しくらい自分のこと話してくれればいいのに」

「しょうがないさ、それは」

ずっと黙って聞いていた花村のおじさんが言って、煙草《たばこ》をもみ消した。

「成長の過程で親に話さないことが増えていくのは、とくに男の場合、当たり前のことだしな」

「まあ、そうなんでしょうけど」

そして佐恵子おばさんは、またちらりと僕を見た。

いったい何なんだろう？　もしかして丈のやつが、何か尻尾《しっぽ》をつかまれるようなことをポロリと言ってしまったんだろうか。それでおばさんが僕を共犯じゃないかと疑っているとか、そういうことなんだろうか。すごく気にはなるけれど、面と向かって訊《き》くわけにもいかない。

「大丈夫だってば、おばさん」と僕は言った。「男なんてほっといても適当に育つって。おふくろ抜きでここまで立派に育った俺が言うんだから間違いないよ」

「ま、よく言うわ」

苦笑した佐恵子おばさんの横顔が、なんだかひどく寂しそうで、僕は思わず言ってしまった。

「あ、ええと、そのポテトサラダ、もう少しもらおうかな。すっげぇうまかった」

佐恵子おばさんがようやく顔を上げ、いそいそと皿を手に取る。

「ちょっとでいいよ……あっ、ほんとにちょっとでいいんだってば！　そんなに盛っても食いきれないって」

「何を言ってるのよ、若い人が」

ポテトで作ったエベレストが僕に差し出される。

「あらら、このままじゃ、もうお皿がテーブルにのらないわ。さっさと食べちゃってよ。でないと後がつかえてるんですからね」

「えっ。まだ何か出てくんの？」

「もちろんよ、メインがまだじゃないの」

「いや、もう食えないってば、マジで」

「そんなこと言わないで」ひどく悲しそうにおばさんは言った。「ゆうべから下ごしらえしたのよ。豚肉《ぶたにく》を凧糸《たこいと》で縛《しば》るところから始めて、うんと本格的なのを作ったんだから。これでおいしく食べてもらえなかったら、豚が化けて出るわ」

化けて出るのは豚じゃなくて佐恵子おばさんなんじゃないかと思うくらいの、恨《うら》めしげな口ぶりだった。

面白そうに眺《なが》めていた花村のおじさんが、

「勝利、なんならそのへんを一周走ってきたらどうだ」

「ええ？」

「そうすりゃあ胃袋に空《あ》きができるぞ、きっと」

「あ、それ、いい考えかも」かれんまでがクスクス笑って言った。「ほら、よく入浴剤とかのいれものに書いてあるじゃない。『容器の上部に空間があるのは、輸送中の振動によるもので、中身の量は表示のとおりです』って」

「俺はバスクリンかよ」

「かれんお前、そんな細かいとこまでよく読んどるなあ」おじさんが感心したように言った。

「毎晩、長風呂なのはそのせいか」

「えー、そんなに長くないわよう」

「長いさあ。よくまあふやけて溶けないもんだ」

「失礼しちゃーう。カラスの行水《ぎょうずい》の誰かさんと比べないでよ」

　久しぶりに耳にする〈父〉と〈娘〉の会話をよそに、僕はサラダと煮物を頬ばっては必死で飲みくだした。

く、苦しい。これもみんな、丈の野郎のさも真剣そうな口ぶりにうっかりほだされてしまったせいだ。この貸しは、きっと何かで返してもらうからな。

メインの焼豚や炒《いた》め物《もの》と一緒にキノコのまぜ御飯が出て、それをどうにかギリギリたいらげ終わると、デザートにはフルーツの盛り合わせと、自家製の特大プリンが出た。

それまでもいろんなものをちょっとずつ食べていたかれんは大喜びだったが、僕はもう、腹の皮がぱんぱんに張りすぎて痛いくらいだった。オヤゴコロもここまで来ると、一種の拷問《ごうもん》じゃないかと思えてくる。

その頃には、花村のおじさんは例によって出来上がってしまい、テレビの前に寝転がっていた。

佐恵子おばさんが次に席を立った隙《すき》に、僕は、半分以上減ったかれんのプリンをスプーンごとひったくり、代わりに、一口だけ食べた僕のやつを押しつけた。

「わあ、いいの?」

「いいも何も」と小声で呻く。「さすがに限界」

かれんが、ふふふ、と笑ってプリンを口に運ぶ。「ん。おいし」

「丈がいなくてよかったな」

「どうして？」

「見てたらあいつ、また『間接キッスだー！』とか叫んでたぜ、きっと」

「……やだ、もう」

　頬を赤らめ、何とも言えない表情になったかれんが、きゅっと鼻のあたまにしわを寄せて僕をにらんでみせる。それから彼女はふと真顔に戻ると、

「ねえ、ショーリ」さらに声を小さくして言った。「お料理、全部食べてくれて、ありがとね」

「え？」

「母さん、嬉《うれ》しそうだった。ショーリはほら、うちにいた頃、毎回ちゃんと『うまいうまい』って言って食べてくれてたじゃない？　けど、丈や父さんはあんまりそういうこと言わないから。ただ黙々と食べるだけだから。私はなるべく言葉にするようにしてるけど、そんなにたくさんは食べられないし……母さん、せっかく作っても張りあいがないんだと思うの」

「――そういえば、お前さ」

「ん？」

「例の、介護福祉士の話、おばさんにしたのか?」

かれんが、伏し目がちに小さく首をふる。

「なんで」

「……母さんてば、このごろとみにあんなふうだから、話すきっかけがうまくつかめなくて」

テレビの野球中継を縫《ぬ》って、おじさんのいびきが聞こえてくる。

ふいに押し寄せてきた懐《なつ》かしさに、僕は思わず息をとめた。

今のあの部屋が見つかって、かれんに打ち明けた時もちょうどこんなふうだった。あの夜のかれんは浴衣《ゆかた》姿で、髪をゆるやかに結《ゆ》い上げていて、あたりは夏の気配に満ちていたけれど、やっぱりテレビからは野球中継が聞こえていたし、花村のおじさんのいびきも今と同じだった。この家で毎日そんなふうに過ごしていたのはほんの数か月前のことなのに、なんだかまるで前世の思い出のようだ。

と、

「ああっ、いけない」

キッチンから佐恵子おばさんが叫ぶのが聞こえた。

「シチューを出すのすっかり忘れてたわ！　ゆうべからコトコト煮込んだのに。勝利、食べてくれる？」

かれんが、噴きだしそうな目をして僕を見る。

「……食うよ、もちろん。喜んで」

と、僕は言った。

＊

さすがに後片づけくらいは手伝うつもりだったのだが、それすら佐恵子おばさんに押しとどめられてしまった。

あんまりお客扱いされてもかえって落ち着かないんだけどな、と思いながら居間へ引き返し、つけっぱなしのテレビの前で、いびきをＢＧＭに夕刊をひろげていると、電話が鳴った。おばさんの洗う食器を拭《ふ》いては片づけていたかれんが、廊下《ろうか》に出ていって受話器を取る。

「はい、花村でございます」

よそいきの声に、僕は思わず微笑した。

電話に出るとき、かれんはふだんのアルトより少し高めのメゾソプラノになる。一緒に暮らしていないと、その声はなかなか耳にする機会がない。

「もしもし？　……あの、どちら様ですか？　もしもし？」

目をあげた。何だか様子がおかしい。

と、かれんが首をひねりながら戻ってきた。流しに向かっている佐恵子おばさんに、

「また切れちゃった」

と言うのが聞こえてくる。

「いやだ、またなの？　気持ちの悪い」

僕は、立っていってキッチンを覗《のぞ》きこんだ。「なに、どうかしたの」

佐恵子おばさんは眉を寄せたまま振り向いた。

「ああ、それがねえ。さっきから、なんだか変な電話が何回もかかってきてるのよ」

「変な電話？」

「そう」と横からかれんが言う。「夕方から、もうこれで三回目なの」

「変なって、どういう感じに変なわけ？　何かやらしいこと言ったりするとか？」

「ううん、ただずーっと黙ってて、いきなりプツッて切れちゃうの」

「三回ともお前が出たのか？」

「ううん、一回目は母さん」

「ただの間違い電話ならいいけど」と、佐恵子おばさんが言った。「このごろはほら、何かと物騒だからねえ。年頃の娘を持つ親としては気が気じゃないわよ」

それを言うなら、年頃の恋人を持つ僕だって気が気じゃない。

「今度鳴ったら俺が出ようか？　男の声でいっぺんガツンと言ってやれば、もうかかってこないんじゃないかな」

「そうね、そうしてもらえると助かるわ」

佐恵子おばさんはほっとしたように言って、それから、やれやれという目で居間のほうを見やった。

「こういうときに頼りになる男の人が、うちにはいないから」

視線の先では、花村のおじさんが気持ちよさそうに口を開けて、うたた寝の続行中だった。

「かれん、そろそろ父さん起こしてちょうだい。あのままじゃ風邪《かぜ》ひいちゃうわ」

「はーい」

出て行きかけたかれんが、

「あ、ねえショーリ」とふり返る。「気分直しって言っちゃ何だけど、よかったら、みんなにおいしいコーヒーいれてくれる?」

「え」

「あ、いま何か他のことしてた? なら別に、」

「いや、いいよいいよ。オッケ、まかしとき」

笑ってみせたものの――正直なところ、少し気が重かった。

こんなことは今までなかったことなのだけれど、『風見鶏《かざみどり》』での失敗以来、コーヒーをいれることは僕にとって小さな苦行《くぎょう》のようになってしまっていた。

毎朝、自分のためにいれる一杯ですらそうだ。別にあらためて手元に集中するまでもなく、それこそ目をつぶっていてもいれられるくらい体に染みついた作業のはずなのに、どうしてあの時に限って、あんなひどい味のしろものを、それも常連客に向かって出してしまったのだろう。考えれば考えるほど、巡り合わせの不運が恨《うら》めしく思えてくる。不運なんて思うこと自体が責任転嫁《せきにんてんか》でしかなくて、あれは僕自身の落ち度以外の何ものでもないことなど重々わかっているのに。

三人分のコーヒーと、かれんのためにカフェオレをひとつ。

これまでだったら鼻唄混じりでこなしていた作業を前に、なんだかひどく緊張してしまう。まるで、とつぜん歩き方がわからなくなったみたいな感じだった。足はどっちから出せばいいんだっけ。そのとき手はどう動かせばいいんだっけ……。

お湯が沸《わ》くのを火の前で腕組みをして待ちながら、僕はゆっくりと深呼吸した。

(どんな時にも揺《ゆ》るがないものを持て、か……)

——揺るがないもの。今の僕に思いつくそれはといえば、そう、かれんへの気持ちくらいしかない。

でも、マスターがあの時、そういうもののことを指して言ったのでないことくらいは僕にもわかる。マスターが言おうとしたのはたぶん、誰かとの関係性の上に成り立つものじゃなくて、あくまでも自分だけの中で完結するもの、自分一人が芯《しん》とするべき何かなのだ。

居間から、おじさんを優しく揺り起こしているかれんの声が聞こえてくる。

ひそかに溜《た》め息《いき》をついて、僕は、沸きあがったやかんを火からおろした。

## 4

目を覚ます間際まで、柔らかであたたかな体を抱きしめている夢を見ていたせいか、最初に目に映った天井に何の違和感も覚えなかった。何しろ、その体の持ち主と暮らしていた二年の間、毎日見上げていた天井だ。

僕がベッドや机を置いて使っていたこの部屋は、今は客を泊めるための部屋になっていて、時折りやってくる親父《おやじ》と明子《あきこ》姉ちゃんたちがそうするのと同じく、僕も布団《ふとん》を敷《し》いて寝たのだった。そのぶんだけ、見慣れた天井の模様が少し遠い。

まだかすむ目をごしごしこすりながら、ふと足元のドアへと向ける。思い出すなり、頬《ほお》がだらしなくゆるんでしまった。今の今まで腕の中にいたかれんはただの夢でしかなくても、ゆうべそこに立っていた彼女はまぎれもない現実なのだ。

あれからコーヒーを飲んでしまうと、接待ゴルフで朝が早いおじさんはさっさと風呂《ふろ》を済ませて二階に寝に行き、続いて僕が先に入らされ、ガスコンロを磨《みが》いている佐恵子おばさんに言われてかれんが入り――最後におばさんが入って風呂場の折れ戸を閉めたと同時に、僕は半《なか》ば強引にかれんをうながして、この部屋に引っぱりこんだのだった。

ドアを細く開け、物音に耳をそばだてながらも、僕らは互いの体に腕をまわして抱きしめ合い、何度もキスをかわした。相手の体や髪から同じ石けんとシャンプーの香りが漂《ただよ》う、そんなことまでが嬉《うれ》しかった。

親たちがこんなに近くにいるにもかかわらず、かれんは二人きりで僕のアパートにいる時よりリラックスしているようだった。こみあげてくるものにたまらなくなって僕が仕掛けた〈上級者向きのキス〉にも、いつもより積極的に応《こた》えてくれたくらいだった。こういうシチュエーションでなら、どんなに僕が男として興奮しようが絶対に最後までいくわけないとわかっていたからだろう。

それでも、薄地のニットの裾《すそ》からそっと忍びこんだ僕の手が背中にじかに触《ふ》れるなり、

彼女はまるでやけどしたみたいに飛びあがった。小さな悲鳴が、僕の口の中でくぐもって響いた。

〈大丈夫だから〉

僕のほうも内心はけっこう必死で、でも懸命に平静を装《よそお》ってそんなことを言った気がする。

〈こうしてるだけだって。へんなとこ触《さわ》ったりしないから〉

〈じゅ、じゅうぶん、へんなとこだと思うけど〉

消え入りそうな声で、かれんがささやく。

〈へんじゃないよ。ただの背中だろ〉

同じ理屈《りくつ》で、ただの胸だろ、とか言うことだってできるはずだが、さすがに決心がつかなくて、そのかわり、僕はもう片方の手も同じようにすべりこませ、両手で彼女の背中をぎゅっとつかむようにして抱き寄せた。かれんが、泣くような声をもらして背中を反《そ》り返らせ、僕にしがみついてくる。

お互いの心臓がばくばく音を立てているのがわかった。僕に限って言えば、緊張のせいばかりではなかった。あまりにも強烈《きょうれつ》な興奮で、頭のネジが端《はし》から一つ残らず吹っ飛びそうだった。

なめらかな背中を撫《な》でさすり、背骨の溝にそって指を這《は》いのぼらせていくと、つるりとした固い布地に阻《はば》まれた。びくっとなったかれんが、早口にささやく。

〈だめ〉

それでも僕の指がそこでぐずぐずしていると、かれんは、必死に首を横に振った。

〈だめ。だめだめだめッ、今はだめ！〉

〈じゃあ、いつになったらいいんだよ〉

〈とにかく今は絶対だめ！　お願いっ〉

押しひそめた声はあまりにも切羽《せっぱ》詰《つ》まっていて、僕はしぶしぶ、てのひらを後戻りさせた。かわりに、やみくもに背中に手を這わせる。すべすべの肌が、上質ななめし革のような艶《なま》めかしさでてのひらに吸いついてくる。

背中でこれなら、ほかの場所の手触りはどんなふうなんだろう。おなかは……？　それとも……。それとも……。

風呂場から、シャワーの音が聞こえてくる。

そういえば、ずっと前に一度だけ全裸のかれんを目撃したのもここの風呂場だった。あ

のまぶしいくらい白い裸体がくっきりと脳裏に浮かぶ。今ならさすがに、実物を目にしたからって鼻血を噴《ふ》くことまではないと思うけれど、それでも考えただけで体じゅうの血が沸騰《ふっとう》しそうになる。

我慢《がまん》、できなかった。

かれんの腰をきつく引き寄せて動けなくすると、僕は、今まででいちばん激しいキスを送りこんだ。舌の根が痛くなるくらい深く、彼女の口の中をむさぼり尽《つ》くす。

やがて、とうとう立っていられなくなったかれんがへなへなとくずおれそうになるのを、脇《わき》を支えて抱き上げるようにしながら、僕は彼女を壁に押しつけ、その肩で波打つ湿った髪に顔をうずめた。情けないくらい、息が乱れていた。

どうにか呼吸を整えながら、

〈――これまで、俺さ〉こんなことを言ってしまったら彼女は引いてしまうだけだとわかっているのに、止められなかった。〈俺、さんざんえらそうなこと言ってきたけどさ。正直……もうあんまり長く我慢できる自信、ないかも〉

耳に届いているのかいないのか、かれんは、同じくらい乱れた息のまま黙っていた。

〈お前が本当にいやがることだけはしないつもりだけど……ヤだって言われたら、ちゃん

とやめるつもりではいるけど、それでも、もし俺のこと怖《こわ》かったら……無理してあの部屋に来なくてもいいよ〉

かれんののどが、何かを飲み下すようにこくりと動くのがわかった。何度かそれがくり返された末に、彼女が、ようやく口をひらく。

でも、その答はとうとう聞けなかった。風呂場の折れ戸が開く音がしたからだ。

客用の布団にくるまって、大きく深呼吸をする。――ヤバい。こんなことをつらつら考えていたせいで、朝っぱらからというか、朝っぱらだからというか、気がつくとたいへんにヤバいことになってしまっている。

かといって、一番手っ取り早い解決法に走るのは、この家ではどうにも気が引ける。

僕は仕方なく、意のままにならない自分の体の一部にこんこんと物の道理を説《と》いて聞かせ、今週末までに提出しなければならないレポートの内容やら、さらにはネアンデルタール原田《はらだ》の鼻の穴などを思い浮かべるに至《いた》って、どうにかこの場は落ち着いてもらうことに成功した。まったく、これじゃまるで苦行僧《くぎょうそう》じゃないか。

でも、ほんとうの苦行がまだその後に控《ひか》えているなんて、どうしてその時の僕にわかっただろう。

昼前になって佐恵子おばさんは、かれんに買い物を頼んだ。これ幸いとばかりに、

「あ、じゃあ俺も行って荷物持ってやるよ」

一緒に出かけようとしたところを、おばさんに呼び止められた。

「勝利はいてくれる？　ちょっと相談があるの」

僕より先に、かれんがきょとんとしてふり返った。

「相談って？」

「あんたはいいのいいの。ちょっとね、和泉《いずみ》の家のことや何か」

「……ふうん」

彼女は小さく肩をすくめ、僕のほうを見て微笑《ほほえ》んだ。

「じゃあ、行ってくるね」

「ああ。気をつけてな」

玄関のドアが閉まる音を聞きながら向き直ると、佐恵子おばさんは、わざわざ二人分のお茶をいれ直しているところだった。

……そんなにこみ入った話なんだろうか。

なんとなく、面倒なことになりそうな予感がした。だいたい、これまで一度だって、佐

恵子おばさんが和泉の家のあれこれに口をはさんだためしはないのだ。おふくろが死んだ後も、陰《かげ》になり日向《ひなた》になり手をさしのべてくれこそすれ、必要以上に男やもめの世話を焼こうとしたこともなければ、僕に対する親父の教育方針（そんなものがあったとしてだが）についてとやかく言うこともなかった。ひとまわり以上も年の違う明子姉ちゃんと親父が所帯を持つと決まった時も、いや、その明子姉ちゃんがすでに妊娠《にんしん》していると知らされた時でさえ、驚きこそすれ異を唱《とな》えはしなかった。むしろ親父のために本当に心から喜んでくれたのだ。それが今になって、何だというのだろう。

「座《すわ》って」

言われたとおり腰をおろす。

僕の前に湯呑《ゆの》みを置いたおばさんが、自分のを両手で包みこむようにして向かい側に座り、僕をじっと見る。

「……で？」

切り出しにくそうなおばさんの代わりに、僕は努めてさらりと言ってみた。

「親父が、どうかしたの」

おばさんは、黙って首を横にふった。

「じゃあ何。もしかして、明子姉ちゃんのこと?」

また首をふる。

「なんだよ、気になるなあ」落ちつかなさをまぎらわそうと、僕は背筋を伸ばして座り直した。「いいよ、この際だから何訊《き》いてくれても。絶対にここだけの話にしとくから。俺、これでもけっこう口固いしさ」

冗談めかして言ってみたのだが、とたんに佐恵子おばさんの、どことなくとがめるような視線にぶち当たった。

「——そうみたいね」

「……?」

「というより、秘密主義なのかしら。あんたやうちの人に言わせると、男の子なら当たり前ってことになるのかもしれないけど」

「……どういう意味、それ?」

「勝利」ふだんはめったに耳にすることのない深刻な声で、佐恵子おばさんは言った。

「あんた何か、大事なことを隠《かく》してない?」

僕は、眉《まゆ》を寄せた。

「親父たちのことで？」

「いいえ」佐恵子おばさんは、またしても首をふった。「ほんと言うと、和泉の家とはぜんぜん関係ないの」

「は？」

「いいから。とにかく、私たちに隠してることがあるんじゃない？」

心臓が、不穏《ふおん》な動悸《どうき》を打ち始めた。

「べつにそんな……」

「正直に言ってちょうだい」

「いや、急にそんなこと言われてもさ」

思い当たることがないわけではない。かえって、幾《いく》つもありすぎて、いったい佐恵子おばさんがどの隠し事のことを疑っているのかわからないのだ。

さっき、かれんに対して、和泉の家に関する相談だなんて嘘《うそ》をつかなければならなかったということは、彼女の身辺に関することなんだろうか。まさか、彼女の出生の秘密を僕が知っていることに気づいてしまった、とか？　……いや、それはまずなさそうだ。とすると、ゆうべの丈の外泊についてだろうか？　可能性としては一番ありそうな線だが、う

かつなことを言えばヤブヘビになりかねない。

「わかんないよ、何のことだかさっぱり」

と僕は言った。ある意味、まったくの本音だった。

おばさんは、なおもじっと僕を見ていたが、やがて椅子《いす》の背もたれによりかかって長々と息を吐いた。

「星野、りつ子さん……」

ぎょっとなった僕を見つめながら、

「っていったわよね、あの子」

「……彼女が、何」

「おとといだったか、駅前でばったり一緒になったんだけど」

「………」

「あんた、あの子と付き合ってたでしょ?」

「付き合ってなんかいないってば」

「だって前にうちに連れてきた時、」

「だからあれは、ただそこまで一緒に帰って来ただけなんだって」半《なか》ばうんざりしながら、僕は言った。「近所に住んでるってだけで、べつにわざわざ送ってきたわけでも連れてきたわけでもなくてさあ」

「そうなの?」

「そうだよ。あの時だって何度もそう言ったのに、おばさんが勝手に誤解しただけじゃないか」

「でも、彼女のほうは一度も否定しなかったじゃない」

「だからそれは……」

そのへんについては、とても一言《ひとこと》や二言では説明できない。でも、今はそんなことより、おばさんの話の核心が全然見えなくて、

「いいよ、それはもう」

僕は内心イライラしながら言った。

「星野がどうかしたの」

「あの人、陸上部のマネージャーさんでもあるんでしょ?」

「そうだけど?」

「なのに、どうして今になるまであんたの引っ越しを知らされてないの。彼女、びっくり

して、」

「えっ、うそ」思わず、大きな声が出てしまった。「それ、星野にしゃべっちゃったわけ?」

「しょうがないでしょう」さすがに佐恵子おばさんの口調が弁解がましくなる。「こっちは、まさか内緒にしてるなんて思ってもみないもの。それならそうと言っといてくれなくちゃわかるわけないじゃないの」

「いや、あの、何もおばさんを責めてるつもりじゃなくてさ。ただ……どういうふうに話したのかなと思って」

「一人暮らしの男の子なんてどうせろくなもの食べてないかもしれないから、時には気をつけてあげてちょうだいね、って」

「なっ、なんで星野にそんな」

「だから、あんたたち二人が付き合ってるとばかり思ってたから」

僕は、深いふかい溜《た》め息《いき》をついた。

そうして、できるだけ恨《うら》めしそうに聞こえないように、何とか口調を抑《おさ》えながら言った。

「もういっぺん言わせてもらうけどさ。星野とは、ほんとに、ただの友だちでしかないんだよ」

もういっぺんどころじゃない。何度目だろう、この言葉を口にするのは。

でも、おばさんの表情は硬いままだった。

「あんたはそうでも、向こうはそう思っていないようね」

「…………」

「ずいぶんショックだったみたいよ。あんたに隠し事されていたのが」

そりゃそうだろうけど、ばれたのは誰のせいだよ、と胸の内で毒づく。

決して、ばれなきゃそれでいいなんて言うつもりはない。僕だって、永遠に星野に黙っていようと思っていたわけではないのだ。原田先輩にはとりあえず口止めしたものの、ずっとこのままでは借りを作っているようで落ち着かなかったし、何よりこのことが万一ほかから星野の耳に入ったらきっと傷つくだろうとわかっていたから、いつかは――そう、ほんとうに近いうちには、折を見て話そうと考えていた矢先だったのだ。

でも、こうなってしまった後では、それを星野に言ってもただの言《い》い訳《わけ》にしか聞こえないだろうな、と僕は思った。何だか、あいつに対してはいつも同じような失敗ばかりくり返している気がする。

それにしても——佐恵子おばさんのこの固い態度はどうしたことだろう。僕が引っ越しのことを秘密にしているとは知らなかったわけだから、しゃべってしまったのもおばさんの落ち度というわけではない。でも、だとしたって結果的に甥《おい》っ子《こ》がまずい立場に追いこまれたには違いないんだから、とりあえず謝ってくれるのが筋というか……いつものおばさんならとっくにそうしているんじゃないかと思うのだ。少なくとも、こう一方的に僕を責めてばかりというのは、どうにも腑《ふ》に落ちない。

「だいたいね」と、おばさんはなおも続けた。「ただの友だちでしかないって言うならよけいに、どうしてそんなおかしな隠し事しなきゃならないのよ」

「だから、それにはいろいろと事情が……」

なんだかひどく混乱してきて、僕は額を押さえた。

「あのさ。さっきおばさんが俺に、隠してる事はないかって訊いたのはそのことだったわけ?」

ためらうように佐恵子おばさんが口をつぐみ、湯呑みに目を落とす。

「いいえ」

「じゃあ、何」

黙っている。

「何なんだよ。はっきり言ってよ」

すると、佐恵子おばさんは思いきったように目を上げて、ひと息に言った。

「勝利。あんた、かれんと付き合ってるって本当？」

——内臓を吐くかと思った。

真っ白にとんだ頭の中を、ありとあらゆる答が駆《か》けめぐる。まるで、液晶の画面上を文字列が流れていくみたいに。

何か——早く何か言わなければ、疑われてしまう。肯定しているも同じことになる。いや、しかし、そもそも肯定して何がいけない？　ほんとうのことなんだから認めてしまえばいいじゃないか。そうすればもう誰に隠し事をする必要もなくなるし、うんと気も楽になるし、だいたい、こんなにもかれんを大事に想っているこの気持ちを、同じように彼女を大事に思う親に向かってどうしていつまでも否定し続けなきゃいけないんだ？　たとえ反対されたとしても、二人の気持ちさえ確かならいくらだって乗り越えられるじゃないか。

それとも、それを心から信じられずにいるのは、この僕自身なのか？

——実際には、ものの一秒か二秒ほどの空白だったはずだ。

それが永劫《えいごう》に続く責め苦のように思えた。

のどがゴクリと音をたてそうになるのを必死にこらえる。目線が宙をさまよわないように腹に力を入れて、僕は、ようやく言った。

「星野から……聞いたんだ?」

おばさんは、黙っている。

「彼女、どういうふうに話した?」

「その前に」表情と同じくらいこわばった声で、佐恵子おばさんは言った。「訊いたことに答えてちょうだい。本当に、かれんと付き合ってるの?」

「……………」

答えたいのに、言葉が出なかった。言葉を声に変換する装置が壊れてしまったみたいな感じだった。

〈ああ、付き合ってるよ〉

と。

〈もうずっと前からなんだ〉

と。

前に星野に対してそうしたのと同じように、思いきって答えてしまうことが出来たなら、どんなにいいだろう。

でも、今の僕には、まだ出来なかった。まだ――というか、同時にそれは、もう出来ない、でもあった。僕自身が佐恵子おばさんたちに安心してもらえるほど大人でない、という意味では「まだ」だが、かれんに向かって、これからは相談もなく誰かに秘密を話したりしないと約束した、という意味においては「もう」なのだ。いくら相手が佐恵子おばさんだからといって、いや佐恵子おばさんだからこそ、こんな大事なことをなし崩《くず》しに話してしまうわけにはいかない。僕らがこれまでの年月をどういうふうに過ごしてきたか、お互いをどれほど大事に思い、どんなにかけがえのない相手だと考えているか……そういったこと全部をきちんとした形で打ち明け、親たちにわかってもらうためには、かれんにはかれんで、僕には僕で、まだまだやらなくちゃいけないことが山ほどある。

「勝利?」

とにかく、今はぐずぐず考えこんではいられない。何としても、この場は言い逃《のが》れなければならない。こんな話のさなかにかれんが戻ってきてしまったらと考えるだけで身がすくむ。

「星野のやつが、おばさんに何て言ったかは知らないけど……」決死の覚悟で、のどに絡《から》まる声を押し出した。「俺、あいつに、嘘ついた」

「嘘？」

「っていうか、今もついたままなんだけど」

「何て？」

「だから、その……かれんと付き合ってるんだって」

佐恵子おばさんは、眉間《みけん》にしわを寄せて僕を見た。

「それが、嘘だっていうの？」

「……うん」

「つまり、本当は付き合ってなんかいないってこと？」

「……うん」

「ほんとね？　あんたたち、ほんとにそういう関係じゃないのね？」

「…………」

「信じていいのね？」

これにうなずけば、後でますます本当のことが言い出しにくくなる——そう思ったけれ

ど、今さらどうにもできない。僕は、なんとか首を縦に動かした。

と、おばさんの体からみるみる力が抜けていくのがわかった。

「まったくもう」

空気がもれるような溜め息をつく。

「びっくりさせないでちょうだいよ」

「……ごめん」

「聞かされたときは耳を疑ったわよ」

「だから、ごめんって」

星野はいったいどういうふうに話したのか、と、僕があらためて訊くまでもなかった。

おばさんのほうからどんどん話してくれたからだ。

「『和泉くんの心配をするのは、私じゃなくてかれんさんの役目でしょうから』なんて、星野さんたら半分怒ったみたいな感じで言うんだもの。……え？　だからほら、私があんたの身の回りのこと頼むようなこと言った時よ。こっちがあんまりびっくりするのを見て向こうもうろたえたみたいだけれど、親としてはそりゃあ、急にそんなこと言われたらびっくりもするじゃないの、ねえ」

かろうじて苦笑《にがわら》いしてみせる。

「それで？　おばさんのほうは何て言ったの」

「まさか、って言ったわよ、もちろん。あの子たちは単にイトコだから同居してただけで、だいたい五つも年が違うんだし、いくら何でもそれはないでしょうって。だけど星野さん、なんだか泣きそうな顔で黙ってるし。それにしてもあんた、いったいなんだってそんな嘘をついたのよ」

「いや、それが……俺の口からは言いにくいんだけど」

おばさんは苦い顔でやれやれと首をふった。

「ま、だいたいわかる気はしますけどね」

「え？」

「いいから、ちゃんと話してちょうだい」

「だからその……星野はさ、俺なんかのことすごく想ってくれてて……けど、俺のほうはどうしてもそういう気になれなくてさ」

「どうして」

「どうしてって言われても」

「いい子じゃないの、彼女」

「わかってるよ、そんなこと」

苛立《いらだ》たしさが声に出てしまったせいだろう。佐恵子おばさんが鼻白《はなじろ》んだように口をつぐむ。

「……ごめん」

と、僕はくり返した。

「ほんとにさ、わかってるんだ、あいつがすごくいいヤツだってことは。けど、好きになるとかならないとかって、そういうことで決まるもんじゃないだろ」

ずっと以前にも、当の星野りつ子を前にして同じようなことを言った気がする。あの時も、やっぱり星野は泣いたんだっけ……。

黙っているおばさんの顔がまっすぐ見られなくて、僕は、目の前の湯呑みに目を落とした。

「本人にもさ、何度もそう言ったんだよ。友だちとしては最高だと思ってるけど、それ以上を望まれても困るって。気持ちはほんとにありがたいけど、そういう対象として見ることはできないって。なのに、どうしても納得してくれなくて……俺のほうにいま付き合ってる相手がいるならともかく、そういうわけでもないのにどうしてそんなに拒むのかって、けっこう押しが強くてさ。そのうちにあいつ、思い詰めたせいかどうかわからないけど、メシとかうまく食えなくなっちゃって」

「ええ?」

「無理に食ってもすぐ吐いちまうって言うし、実際どんどん痩《や》せてくるし。部活の最中にいきなりぶっ倒れたりするし」

「それってあんた、その、拒食症とかそういうことなの?」

「いや、そこまではいかないみたいだけど、それでもやっぱり心の問題ではあるんだろうな。あれでも、一番ひどい時よりは少し太ったほうなんだよ。けど、そういうのって、そばで見てても参るっていうかさ。かわいそうだとは思うし、俺のせいかもしれないと思うと何とかしてやりたいとも思うけど、だからって正直、責任まで取れるわけじゃないし。どこかできっぱり思い切ってもらわないとどんどん深みにはまる一方じゃないかと思って、それで、ほんとは俺には好きなやつがいるんだって言ってみたんだけど……それでも駄目《だめ》で」

「だけど、その相手がどうしてかれんだってことになるの」

「いや、それは星野のほうから言いだしたんだよ。『もしかして、和泉くんの好きな相手ってかれんさんでしょ』って」

「……………」

「まあ、そう思うのも無理はないんだ。俺なんて学校でもバイト先でもぜんぜん女っけないし、他に近くにいる相手って考えたらそれくらいしか思いつかなかったんだと思う。とにかく、そう訊かれたとき俺、苦しまぎれについ『そうだよ』って返事しちゃって」

「おまけに、ご丁寧《ていねい》にも付き合ってるとまで言ったわけね？」

「そうでも言わないと、あきらめてくれそうになかったから。これでも、さんざん悩んだんだから」

佐恵子おばさんが、あきれたように鼻を鳴らした。

「なんだかねえ。ぜいたくな悩みだこと」

「どこがだよ。こっちだって困ってるんだってば。むげに断って傷つけるのもいやだけど、だからって、あんまり優しくして誤解されてもあれだしさ」

「まあま。色男はたいへんだわ」

「勘弁してくれったら」

そうして言葉を重ねながら、僕は自己嫌悪でどうにかなりそうだった。星野とのことについて話した内容はほとんどが本当のことばかりだというのに、どうしてこうも胸が痛いのだろう。

いや、どうしてもクソもなかった。そもそも、こういうことをおばさんに話している目的は何かといえば、最初についた嘘をごまかすためでしかないのだ。ゼロにどんな数をかけてもゼロにしかならないように、嘘をつくためにいくら本当の事情を言い連ねても、すべては口にする端から嘘になっていってしまう。それがわかっているからこそ、自分で自分の言葉に胸を刺される思いがするのだ。

でも――その一方で、僕の中には、そんな自分を正当化したい気持ちもあった。星野の心の問題を、本人のいないところで話題にするのは彼女に悪いとは思う。思うけれど、それを言うならお互い様じゃないか、という気もするのだ。僕とかれんの仲が親たちに内緒なのはわかっているくせに、どうしてよりによって佐恵子おばさんにしゃべったりするんだ。たとえ故意にではなく、ついうっかり口を滑《すべ》らせてしまったのだとしても、そのせいで僕らのこれまでの苦労はあやうく水の泡《あわ》になるところだったじゃないか。

押し黙っている僕を見ながら、佐恵子おばさんは冷めたお茶をすすった。

「それで?」

「……うん?」

「そのあたりの事情を、あの子のほうは知ってるの?」

あの子、というのはもちろん、かれんのことだった。

すばやく考えて、僕は言った。

「ううん。話してないよ」

「なんにも?」

「うん。だから――虫のいい頼みだとは思うけど、おばさんもさ、できたらあいつにはこのこと黙っててくれないかな」

「…………」

「いくらかれんだって、自分の知らないところで勝手に引っぱり出されて恨《うら》まれ役にされてるなんて知ったら気分悪いだろうし。俺にしても、なんていうか、こんなことがあいつにバレたら合わせる顔がないっていうか」

おばさんが、苦笑まじりに首を振る。

「やれやれ。青春の悩み真っただ中ってところだわね」

「だから勘弁してってば、そういうの」

自己嫌悪はそのままだったが、我ながらいい気なもので、心臓の動悸はどうにかおさまってきた。一時は、ほんとうにどうなることかと思ったのだ。正直、動悸どころか心臓そのものが止まりそうだった。

「だけどね、勝利」

佐恵子おばさんが、ふいに難しい顔になって言った。

「変なことにだけはならないように、気をつけてちょうだいよ」

「変なこと？」

「ええ。言いたくはないけど、ほら、何ていうの？ あんたを想うあまりに、星野さんがかれんを逆恨《さかうら》みして、何かこう……」

思わず、ぽかんと口をあけてしまった。

「まさか。そんなやつじゃないよ」

「そんなやつじゃなくても、思い詰めたら人は何をするかわからないのよ」

それこそ思い詰めたような顔で、佐恵子おばさんは言った。

「毎日のようにニュースになってる事件の犯人だって、いざつかまってみると近所の人が

みんな言うじゃないの。そういう人には見えなかったって。ふだん真面目《まじめ》な人ほど、かえって危ないいんだから」

「いや、それとこれとは」

「同じことです」

佐恵子おばさんは言いきった。怖いくらい、真剣な目つきだった。

「どうせまた考え過ぎだとか心配性だとかって、あんたは馬鹿にするか知れないけど、女の子の親というのはね、そういうことまで考えるものなの。何かあってからじゃ遅いんですからね」

「…………」

「あんたがまいた種なんだから、自分できちんとしてくれなきゃ困るのよ」

「……うん」

「そりゃね、あんたのことだから、できるだけ相手を傷つけないように、誰も悪者にならないで済むようにって、丸くおさめようとしたことはわかるわよ。そういう気の優しいところは、たぶん正利《まさとし》さんのほうに似たんでしょうね。姉さんのほうは、わりに何でもさばさば割り切るほうだったから」

「ふうん。そうなんだ?」

そういうことは、あまりよく覚えていない。

「でもねえ、勝利」

半ば同情するような、それでいながらその思いをふり切るようなきっぱりした口調で、佐恵子おばさんは言った。

「それがあんたのいいところだってことはよーくわかった上で、この際、あえて言わせてもらいますけどね。気を遣《つか》いさえすれば丸くおさまることばかりだったら、世の中誰も苦労はしないのよ」

「わかってるって」

「そう?」佐恵子おばさんは、僕をまっすぐに見た。「本当に、わかってるの?」

「……?」

「私が言ってるのはね。どうしても誰かが恨まれなければいけないものなら、あんたが自分でそれを引き受けなさい、ということなのよ?　かれんに恨まれ役を押しつけるんじゃなくてね」

「そ、そんな……」

押しつけたつもりなんかない。断じて、そんなつもりじゃない。

そう言いたかったけれど、言葉にならなかった。おばさんが今、つ
もりの話をしているのでないのは明らかだったからだ。

口をつぐんだ僕を見て、ちょっとお灸《きゅう》がききすぎたと思ったのだろうか。佐恵子おばさんは、壁の時計をちらっと見上げ、ふいに不自然なくらい明るく声を張って言った。

「あらもうこんな時間だ。——さてと、お昼は何にしようかしらね」

僕も、時計を見た。

心臓に悪い話をしていたせいで無茶苦茶長く感じられたけれど、かれんが出かけてから、やっと二十分ほどが過ぎたところだ。戻ってくるまでには、まだ少し時間があるだろう。

「おばさん」

立ちあがって急須《きゅうす》にお湯を注いでいた佐恵子おばさんは、こちらに背中を向けたまま、うん？　と返事をした。

「星野と駅で会ったの、おとといって言ったっけ？」

「ええと……」急須にふたをしながら、もう一度記憶をたぐるように宙を見上げる。「どうだったかしら。先おとといだったかもしれないし」

「どっちにしろ、ゆうべ俺がここへ来るまでにけっこう時間はあったわけだよね」

「まあそうね」

「なのになんで、かれんのほうに先に確かめようとしなかったわけ?」

おばさんは、二人分の湯呑みにお茶を注ぎ足しながら言った。「そうして欲しかったの?」

「まさか。けど、おばさんにしてみればすごく気になることだったはずだし、どうしてそうしなかったのかなと思って」

佐恵子おばさんは、うつむきがちに苦笑した。

「さっきも言ったけど、だいたい想像はついてましたからね」

「え?」

「あんたとかれんがどうのこうのなんて聞かされて、そりゃあ最初はびっくりしたけど、落ち着いて考えたらそんなことがあるわけないじゃない。だってそうでしょう? かれんは現に、中沢《なかざわ》先生とお付き合いしてるんだし」

「…………」

「となるとこれは、星野さんの勝手な思いこみか、でなければ何か事情があってあんたが

そういうふうに話したかのどっちかじゃないかってね、そう思ったの。仮にそうだとすると、かれんの耳に入れてもいいことなのかどうかを先にあんたに確かめてからにしないと、あんたがあんまり可哀想《かわいそう》ってもんじゃないの。違う？」

「あ……う、まあ」

「だいたい、ゆうべからずっとあんたたちを観察させてもらったけど、さっぱりそんなふうには見えなかったしねえ。お互い好き合ってる二人なら、空気でわかるものよ。一応念のためにこうして確かめはしたし、あんたの口からはっきり違うって聞かされるまでは多少ヤキモキもしましたけど？」すました調子で言って、ふふ、と笑うと、「ま、訊くまでもなかったわね」

佐恵子おばさんはテーブルの隅《すみ》にあった小さなガラスのいれものを引き寄せ、チョコレートを一つつまんで口に入れた。

「……そんなふうに、かぁ」

「なあに？」

「いや……かれんと俺がそんなふうに見えなかったってことはさ、もし本当にそういう関係だったら、やっぱ、そんなふうに見えるものなのかなと思って」

「そりゃあ、そうじゃない?」

おばさんはお茶をすすりながら肩をすぼめた。

「ほら、あんたの父さんと明子さんだって、初めてここに挨拶《あいさつ》に来たときはそうだったでしょうが。まだまだ子どもの丈と京子ちゃんでさえ、こう、あるでしょうほら、二人のまわりの空気が桃色っていうか」

「——桃色、ねえ」

丈と京子ちゃんが親の思うほど子どもかどうかはともかく、そのモモイロの空気が僕とかれんの間にまったく感じられなかったというのは、ある意味とても嘆《なげ》かわしいことのような気もする。まあ今回に限ってはそのおかげで助かったわけだけれど。

と、ふいに佐恵子おばさんが、そうだ、と手を打った。

「丈と京子ちゃんで思い出した。あの子ったらもう、何の連絡もしてこないで……ほんとにもう、出ていったら鉄砲玉なんだから」

そのとき、背後で僕の携帯が鳴りだした。居間のソファに置いた上着のポケットだ。

誰だか知らないが、うまいタイミングで助け船を出してくれた、と感謝しながら走っていってみると、まさにその丈からだった。

〈よっす。ゆうべはどうも、サンキュでした〉

言葉のわりには、何やらシケた声だった。

「何だよ。どうしたんだよ」

〈んー。……あのさ、今それ、うちにいんの？〉

「ああ」

〈おふくろもそばにいんの？〉

「まあな」

〈じゃあさ、おふくろには俺からだって言わないでさ、ちょっとだけ出て来らんない？〉

「はあ？」驚いて、僕は言った。「何かあったのか？」

〈いや、べつに何もないけど。ただ……何ていうかこう、まっすぐ帰る気になんないっていうかさ〉

台所から聞こえてきた水音にちらっと後ろをうかがうと、佐恵子おばさんは湯呑みを洗っているところだった。

「お前、まさか人のこと呼び出してノロケ話するつもりじゃないだろうな」

声をひそめて釘を刺してやったのだが、丈は苦笑混じりに、そんなんじゃないよ、と言

った。

「ほんとかよ。こっちはそれどころじゃないんだからな」

〈だから、違うって〉

「じゃあ何なんだよ」

〈っていうかさあ、いいじゃんか、たまにはオレの相談に乗ってくれたって〉

　そうして奴は、いくぶん小さな声で付け足した。

〈頼むわ〉

と。

## 5

　どんなに探してもなかなか部屋が見つからなかったあの頃は、とにかく一人暮らしを実行に移せるなら何だってよかった。住めば都なんて言葉もあるくらいだし、駅からアパートまでけっこう歩くことくらい、慣れてしまえば何てことはなくなるだろうと高をくくっていた。

でも実際には、すっかり慣れたはずの最近のほうが、かえってこの道のりを遠く感じることが増えてきた気がする。部活で疲れきっているときはもちろん、今日みたいに、体は使っていないのに精神面でいろいろあった日などは特にそうだ。

両手をポケットにつっこんで歩きながらふと目を上げると、澄《す》んだ紺色《こんいろ》の空に、宵《よい》の明星がぴかりと光っていた。いつのまにかずいぶん日が短くなったものだ。

いま、何時ごろだろう。七時前……いや、少しまわった頃だろうか。ひどくかったるくて、携帯を引っぱり出して時間を見るというただそれだけの動作さえ億劫《おっくう》だ。

足が、重い。まるで昔の囚人《しゅうじん》みたいに、足首から鉄の玉がぶらさがっているような気がする。今日一日、佐恵子おばさんや、丈や、そしてかれんと交《か》わした言葉の一つひとつがすべて合わさって、その鉄球を形づくっているのだった。

あのあと——丈からかかってきた電話を切ったあと、僕は佐恵子おばさんに、友だちに呼び出されたからちょっと行ってくると言って、花村の家を出た。

と、駅に向かう道の途中で、買い物を済ませて帰ってきたかれんに出くわした。

もちろん、おばさんとの危うい綱渡《つなわた》りみたいなやり取りについては、急いで話して聞かせた。かれんをむやみに不安がらせたくはなかったけれど、ここでちゃんと口裏を合わせ

ておかないと、どんな弾《はず》みでボロが出ないとも限らないからだ。

僕らが付き合っているのが本当にばれてしまったのかと、驚いてうろたえる彼女をどうにかなだめ、

〈大丈夫だよ、何にも心配いらないって〉と僕は言った。〈とにかくお前は、俺と星野との一件については全然知らないってことになってるから。よけいなことは言わなくていい。おばさんもお前には何も訊《き》かないとは思うけど、万一訊かれても、ただポカンとしてろな〉

これから待ち合わせている相手が丈だということは、かれんにも話さなかった。

〈たぶん小一時間で帰れるからさ。午後は一緒にどこか行こうよ〉

そう言ってみせると、かれんはようやく少しほっとしたように微笑《ほほえ》んでくれた。

人騒がせな丈のやつは、駅前のコーヒーショップで待っていた。電話で場所を指定したのも丈のほうだった。『風見鶏《かざみどり》』にしようと言われなかったのは僕としてもありがたかったが、今になって思えば、要するにやつは、知っている人間に話を聞かれたくなかったのだろう。

店の奥のほうで、二人がけのテーブルに目を落としてぼんやりしている丈を見つけた時、

僕は思わずそこで立ち止まってしまった。長い付き合いだが、あんなにすさんだ感じの丈を見たのは初めてじゃないかと思う。高校受験のまぎわだって、あれほど深刻な顔を見せたことはなかった。よく知っているイトコにそっくりの、でも全然知らない他人みたいな感じだった。

　注文したコーヒーを手にした僕が向かいに腰をおろしても、なかなか口をひらこうとしない丈に向かって、僕は仕方なく明るく言ってやった。

〈ま、そう落ちこむなよ。最初はたいていそんなもんだって〉

けれど、やつはほんの一瞬だけ引きつったような苦笑《にがわら》いを浮かべて首を横にふり、のろのろとした口調で言った。

〈そんなんじゃ、ねえよ〉

〈なんだよ。じゃあうまくいったのかよ〉

〈……よく、わかんね〉

〈あ？〉

〈どういうのを、うまくいったって言うのか、よくわかんね〉

お前のほうこそよくわかんねえぞ、と思ったが、あえて何も言わずに、見るともなく窓

の外を見ていると、

〈なんでなのかな〉呻《うめ》くような低い声で、丈が言った。〈なんで女ってさ。人を試すようなこと、わざわざ言うかな〉

〈試すようなこと?〉

〈………〉

〈何を言われたんだよ〉

ずいぶん長く黙っていた後で、やつはようやく話しだした。気が進まなさそうでもあったし、ひどく話しにくそうでもあったけれど、そもそも僕を呼びだしたのは話をするためだったのだ。京子ちゃんとの恋愛について、ふだんはこちらが特に聞きたくもないようなことまでオープンに話すタチの丈だったから、ここまで言いよどむのはめずらしいことだった。それとも、あれでも丈は丈なりに、話すと支障のあることとそうでないことを分けているつもりだったのか……。

とにかく、ゆうべのことだ。

京子ちゃんとは、途中まではすこぶる順調にいったものの、ある段階から急に先に進めなくなってしまったのだと丈は言った。彼女がひどく痛がったせいだ。しかし、何も最初から無理をする必要はないんだからと（内心はどうあれ）気長に構えてみせる丈に対して、絶対に最後までするのだと意地になったのは京子ちゃんのほうだったらしい。そうして、何度目かの試行錯誤《しこうさくご》（丈曰《いわ》く、はたから見たらたぶん滑稽《こっけい》でしかない試行錯誤）の末に、やっとのことで当初の目標をクリアし、お互いクタクタになって抱き合った——そこまではよかった。

〈あいつだって、幸せそうだったんだよ〉

丈は、相変わらずの低い声で続けた。

〈今までしたことのないような話もしてくれたし、オレもいろいろ話したし……。よくさ、女より男のほうがじつはロマンチストだとかいうけど、ほんとかもしんない。オレ正直、むきになってあくせくエッチしてる最中よか、終わって抱き合ってる時のほうがずっと幸せでさ。こう、気持ちが満ち足りるっての？　あいつ、ほんとちっちゃくて、柔らかくて、いい匂《にお》いがして……これからはオレが絶対こいつを守ってやるんだとか思ったら、何でもできそうな気がしてさ。なんか、嬉《うれ》しくて叫び出しそうだった。だから……明け方くらいだったかな、気配でふっと目が覚めて、隣《となり》であいつがしくしく泣いてんのに気がついた時だって、そりゃびっくりはしたけど、ただ感情が高ぶって泣いてるんだとしか思わなかっ

たんだ。嬉し泣きとまではいかなくても、何ていうか、わりといい涙っていうかさ〉

と、いうことは、そうじゃなかったわけだ。

黙って先をうながすと、丈は上目づかいにちらっと僕を見て、ひどく老成した溜《た》め息《いき》をついた。

〈やっぱり隠《かく》しておけないよ、って……〉

〈え?〉

〈あいつ、そう言って泣いたんだ〉

〈隠すって、何を?〉

〈オレが……初めてじゃ、なかったんだってさ〉

〈えええっ?〉

〈あ、いや、さすがに最後までいったのはゆうべが初めてだったそうだけど〉

僕は、思わずどっと息をついた。

〈なんだよ、おどかすなよ〉

あの京子ちゃんにそこまで先を越されていたとなれば、こっちの立つ瀬がなくなるどころの話じゃない。世の中何を信じていいのかわからなくなる。

〈けど、その前の段階ってかさ。要するにBまでいったのは、オレが初めてじゃなかったってこと〉

〈ちょっと待て〉

〈要するに、オレ以外の男が、先にあいつの胸とか触《さわ》ったわけよ〉

〈ちょっと待てったら〉

　捨てばちな言い方をする丈をなだめながらも、頭の中はぐるぐる渦《うず》を巻いていた。これまでに丈から聞かされている話では、二人が付き合いだしたのは二年近く前、確か中二の終わりくらいからだったはずだ。それより前に、Bまでいった相手がいた?

〈そうじゃなくてさ〉相変わらず苦笑いのようなものを顔に貼《は》り付けたままで、丈は言った。〈ついこないだの夏休みなんだってよ。考えてみりゃ、たしかにあいつ、一時期おとなしかったんだよな。夏風邪《かぜ》ひいたんだとか言ってごまかしてたけど。……そういえば、勝利に話したことあったっけ〉

〈何を〉

〈京子がオレと付き合う前に好きだった先輩のこと〉

〈いや〉

〈そいつ、中学じゃ陸上部だったからオレの先輩でもあったわけだけど、もともと京子の友だちの彼氏でさ。けど京子のやつ、その友だちに付き合わされて部活とか見にきたりしてるうちに、だんだん先輩のこと好きになっちまって……まあ、そのあたりの事情はオレもずっと後んなってから聞かされたわけで、オレとしては、わざわざそうして話してくれるくらいだから、もうすっかり吹っ切れたんだとばかり思ってたんだ。ってか実際、吹っ切れてたんだと思うよ。この夏休みのことさえなけりゃ、さ〉

少し口をつぐんだ後、丈は唐突に、吐《は》き捨てるように言った。

〈ったく、二度と行くもんか、ディズニーランドなんか〉

聞けば、この夏休み中、京子ちゃんのところには親戚《しんせき》の子どもらが二人遊びに来ていたらしい。ある日、家族はその子たちを連れてディズニーランドへ出かけ、子守り要員として駆《か》りだされていた京子ちゃんは、そこで偶然、例の先輩と再会した。先輩のほうは、高校の男友だちとその彼女の三人で遊びに来ていたところだった。中学時代つき合っていた京子ちゃんの友だちとは、学校が別々になったせいで別れてしまったのだと彼は言ったそうだ。

いったいどういういきさつで、その先輩だけが途中から京子ちゃんたち家族と一緒に

(というか京子ちゃんと一緒に)アトラクションを回ることになったかはわからない。たぶん、連れの恋人たち二人に気を遣《つか》ったとか、そういうことだったんじゃないかと丈は僕に言ったけれど、その後、京子ちゃんと先輩の間でどんな会話が交わされたのかについてや、夜のパレードの真っ最中に何がどうなって家族の目の届かないところで親密すぎる雰囲気になったのかについては、丈は僕にはっきりとは話さなかったし、僕のほうも訊くに訊けなかった。

〈まあ、なんとなくわかるような気はするんだ〉

と丈は言った。

〈わかりたくはないけどさ。ああいう、非日常を絵に描《か》いたみたいな場所だと、なんかこう、現実味が薄くなるっていうか、ガードが甘くなるっていうかさ〉

僕は、できるかぎり想像しようとしてみた。かつては好きでたまらなかった憧《あこが》れの先輩、けれど友だちへの遠慮で言葉を交わすことさえ避けていたような相手と、ひょんなことから親しく話すことになった京子ちゃんの気持ちをだ。

僕にだって、ずっと前に好きだった子がいた。少し付き合って、結局別れて(というかフラレて)しまったけれど、あの頃は本当に好きだったのだ。たとえば今、あの子と偶然

そういうところで再会して、向こうが懐《なつ》かしそうに何か話しかけてくれでもしたら、かれんに悪いかなと思いながらもやっぱり甘酸《あまず》っぱい気持ちになっただろうと思う。

おまけに、京子ちゃんに至《いた》っては片想いだった。

ずっと気持ちを告げられずにいた相手と、今になって定員二人の狭《せま》いブースに押しこめられて暗いところをめぐったり、猛スピードで振りまわされながら悲鳴をあげたりしているることへの信じられなさ。もしかすると、家族から妙に微笑ましげに見守られたり、ませた子どもたちから無責任に冷やかされたりもしたかもしれない。夏の日ざしの中で、長い列の後ろに並び、懐かしい思い出や友人たちの消息なんかを一つまた一つと交わしていれば、何だか置き忘れてきたものが手の中に戻ってきたようなせつない気持ちになるのは無理もなかったんじゃないだろうか。

〈そりゃあ、京子ちゃんにだって落ち度がなかったわけじゃないだろうけどさ〉

と、僕は言ってみた。

〈けど、それって別に、お前のことを忘れるとか裏切るとかいうのとは全然別の話だったんじゃないかと思うけどな。その先輩と一緒に遊んで羽目はずすことに少しくらい罪悪感はあったかもしれないけど、だからって変に意識して断るような感じでもなかったんだろうし、実際、家族も一緒だったわけだしさ。そのあと起こったことは、まあこういう言い方するとお前怒るかもしれないけど、アクシデントっていうかさ。ほんとに取り返しのつかないことになったわけじゃないんだし……〉

〈だから、それくらいはわかってるんだってば〉

丈は苛立《いらだ》たしげにさえぎった。両手で、がさがさと荒れた感じの頬《ほお》をこする。

〈あいつ、土壇場《どたんば》で先輩のこと突き飛ばしたそうだし、自分にも隙《すき》があったって認めて俺にさんざん謝ってたし。だからもう、そのことであいつに腹立ててるわけじゃないんだ。正直、先輩のほうは今からでも呼び出して、ふざけんなって殴《なぐ》り飛ばしてやりたいくらいだけどさ。……ったく調子に乗りやがって。けど、オレが納得できないでいるのはそこじゃないんだ。なんかうまく言えないけど、そういうことじゃないんだ〉

僕の視線を避けるように窓の外に目をやり、またしばらく黙っていた後、丈はぼそりと言った。

〈利用された、みたいな気がしたんだよな〉

〈え？　誰に？〉

〈だから、京子にだよ〉

〈……は？〉

〈まあ、利用ってのは言葉が強すぎるとは思うけどさ。京子だって、そういうつもりでオレに打ち明けたわけじゃないのはわかってんだけど……なんかこう、結果的にだけど、いやなこと忘れるためのダシに使われたみたいなさ〉

〈ゆうべお前とそうなったことが、って意味か？〉

〈……よくわかんない〉

〈わかんないってお前、〉

〈オレと二人で勝利の部屋に泊まることに関しては、あいつもほんとに純粋な気持ちだったと思うんだ。それはオレも信じられる。ふだんからけっこう積極的なやつではあるけど、今回、最初に誘ったのはオレのほうだったし。けど……途中であんなに痛がったくせに、最後までにすることにあれほどまでにこだわったのは何でなんだろうって考えだしたら——こんなのたぶん被害妄想《ひがいもうそう》なんだろうけど、一〇〇パーセント純粋にオレとそうなりたいっていう気持ちだけじゃなかったような気がしてくるんだ〉

〈ほかに何があるんだよ〉

〈つまり……意地でもオレと最後までにすることで、あの先輩との間に起こったことをリセ

ットするみたいな気持ちもあったんじゃないか、なんてさ〉

まさか——と言いかけて、言葉を呑《の》んだ。

あの大晦日《おおみそか》の夜、自分から僕にキスをしたかれんを思い出したのだ。

あれだって、彼女にしてみれば、僕と星野との間に起こったことのリセットのつもりだったんだろうけれど、あれは僕のほうに罪があった。そこが、丈の場合と違うところだ。

〈一度そういうふうに思い始めたらさ〉と丈は続けた。〈こう、振り払っても振り払っても、その考えが頭から離れないんだ。せっかくの特別な夜に、よけいなもん混ぜんなよっていうかさ。いや、たとえあいつに本当にそういうつもりがあったとしても、あいつだけを責められる筋合いのもんじゃないってこともわかってんだよ。人間なんてきれいごとばっかじゃないし、オレだってズルいとこいっぱいあるし、誰だって結局は自分が可愛《かわい》いしさ。けど……けど何であういうこと、よりによってあのタイミングでオレに言うんだよ。今さらどうにもなんないこと、なんでわざわざ聞かせるんだよ。黙ってるのが優しさだってことだってあるはずじゃん〉

〈お前は、黙ってて欲しかったのか?〉

〈……そりゃ、平気な顔で先輩とのこと隠してられたのが後からわかったりしたらもっと

腹立ったろうけどさ。だからって、なんでも正直に打ち明ければそれでいいのかよ。オレの気持ちはどうなるんだよ。泣いてごめんなさいって謝られて、いま好きなのはオレだけだとか言って、あたしがバカだったんだとか、先輩のキスなんか忘れさせてよとか言われりゃあ、こっちは絶対抵抗できねえじゃん。せいぜいめちゃくちゃに抱きしめるしかねえじゃん。それで赦《ゆる》してやれなかったら男としてすげえチッポケじゃん。けど……知っちまった以上、もう二度と、知らなかったとこへは戻れないんだよ。あいつのほうはいいよ、全部正直に話せば楽になれるのかもしれないけど、なんか……なんかこう、駆け引きっていうか、オレを試してんのかよとか思えてきちゃってさ。それでいて、そういう自分が情けなくて……。オレ、自分がここまで肝《きも》っ玉《たま》の小せえヤキモチ焼きだとは思わなかった。もうちょっとくらいは、マシなやつだと思ってた〉

やがて、ようやく目を上げて僕を見ると、丈のやつは、ふっと自嘲《じちょう》めいた笑いをもらした。

〈結局のとこ、オレがいちばん頭にきてんのは、そういうオレ自身のけちくささなんだろうな〉

自分だったらどうしただろう、と思わずにはいられなかった。

〈もうしばらくしてから帰るわ〉という丈と別れて家に戻り、午後はかれんに付き添って彼女の携帯を見つくろっていた間も、その考えはまるであぶくのように水底から浮き上がってきては、ふつりと弾《はじ》けて僕の気持ちを濁《にご》らせた。

もしもこの先、僕とかれんがそうなった夜――この上ない幸福感に満たされて抱き合っている時に、ふいに彼女の口から、決して聞きたくない類《たぐい》の話を打ち明けられたとしたら。丈と同じく、僕だってそういう彼女を何とか受け止めようとはするだろうけれど、それでいて、胸に渦巻く感情と折り合いをつけるにはたいへんな努力が要《い》ったろう。

夜道にこぼれるコンビニの明かりを横切りながら、僕の背中は昼間の丈と同じくらい丸くなった。僕なんかに話したからといってどうなるものでもないとわかっていて、それでも話さずにいられなかった丈のやりきれなさが、少しだけわかる気がした。

角を折れると、ようやくアパートが見えてきた。

鉄の階段を照らす蛍光灯が、チカチカ明滅《めいめつ》している。大家のヒロエさんに言わなくちゃな、と思いながら廊下《ろうか》を歩き、尻のポケットからカギを取り出したところで――石になった。

部屋のドアの前で、うずくまるように膝《ひざ》を抱えて僕を見ているのは、星野りつ子だった。

「な……！」

足が出なかった。

足だけじゃない、言葉も出なかった。

今度会ったらこれだけは言わせてもらう、そう思っていた恨《うら》みごとがいくつかあったはずなのに、この瞬間、思考は飛んでしまい、かわりにどうしても言葉にならない感情が鎖《くさり》のように巻きついて僕の舌を金縛《かなしば》りにしていた。

こぶしをぎゅっと握りしめる。カギの先がてのひらに食いこむ痛みで、ようやく、足が動いた。

僕が近づいていっても、星野はドアの前から立ちあがろうともしない。

隣の部屋の前にさしかかると、すりガラスの窓から明かりがもれているのに気づいた。水音も聞こえる。ここしばらく空室だったのだが、どうやら昨日《きのう》か今日のうちに誰か入居したらしい。

なんて間が悪いんだ。僕が帰ってきた物音に気づいたら、わざわざ挨拶《あいさつ》に出てこないとも限らない。部屋の前に断固座りこみを決めた星野の姿は、隣の住人から見たらどんなふ

うに映るだろう。いや、もうすでに見られてしまった後だろうか。

上目づかいの星野を無視して、ドアにカギを差し入れる。まわしたカギを引き抜いて見おろすと、星野はぱっと目を伏せた。

長袖《ながそで》のシャツにジーンズ。裾《すそ》からのぞいた細すぎる足首に、白いスニーカーが不釣《ふつ》り合いなくらい大きく見える。

こっちが黙っていれば彼女のほうから何か言いだすだろうと思っていたのに——このまましゃドアも開けられない。

仕方なく僕は、うつむいた星野のつむじに向かって言った。

「邪魔なんだけど、そこ」

言った自分がたじろぐくらい、言葉はコンクリートの廊下に冷えびえと響いた。思わずフォローしたくなるのをぐっとこらえる。

少しくらい冷たく聞こえたとしても仕方がない。いや、かえってそのほうがいいのかもしれない。佐恵子おばさんが言ったとおり、何もかもを丸くおさめる方法なんてないのだとすれば——どうしても誰かを傷つける以外にないのだとすれば——僕は、どこかの時点で選ばなくちゃいけない。〈傷つけたくない相手〉に優先順位をつけなくてはならないのだ。たとえそれが、どんなに不本意なことであろうと。

「悪いけど」動こうとしない星野に再び声をかける。「どいてくれないかな」

ようやく彼女はのろのろとかかとを引き寄せ、背中でドアをこすり上げるようにしながら立ちあがった。それでも、どこうとはしない。視線も合わせない。

僕は溜め息をつき、ノブに手をかけた。

とたんに、引き開けようとしたドアがバタンと音をたてて閉まった。星野が背中をぶつけたのだ。

すぐ近くから、星野の目が僕を見つめてくる。白目の部分が明かりを弾《はじ》いて、怖《こわ》いくらい青白く光っている。

気圧《けお》されて後ずさりしたい気持ちを抑《おさ》えながら、

「……何だよ」と僕は言った。「ったく、何やってんだよ、こんなとこ座りこんで」

星野ののどが、こくりと何かを呑《の》み下すように動く。

「話が、したくて」

「…………」

「いろいろ、謝りたいこともあるし」

「べつに、謝られる覚えなんかないけどな」

「嘘《うそ》だよ」

と、星野は言った。

「そんなの、嘘。だって和泉くん、私がここで待ってたの見ても、ぜんぜん驚かなかったじゃない」

「驚いたよ充分」

「それは単に、いきなりだったからでしょ。けど、ほんとだったらもっと驚いたっていいはずだもん。聞いたんでしょ、おばさんから。引っ越しのこと、私にバレちゃったって」

「…………」

「やっぱりね。じゃあ、私がおばさんに、あのことしゃべっちゃったっていうのも聞いたわけだ」

「…………」

「だよね？」

「だったら何なんだよ」

「だったら——私に謝られる覚えだってあるはずじゃない」

謝るが聞いてあきれる。言葉とは裏腹に、星野の目は挑《いど》むかのようだった。思わずカッとなって、僕はノブから手を放して星野に向き直った。

「なら、遠慮なく言わせてもらうけどな。星野お前、知ってたはずだろ、俺とあいつが付き合ってることはまだ親にも言ってないって。だってそうだよな、親はこのこと知ってるのかって、最初に訊《き》いたのはお前のほうだったもんな」

星野は黙っている。

「なのに、なんでわざわざバラしたりするんだよ」

「…………」

「そりゃ俺だって、黙っててくれなんて口に出して頼んだことはなかったさ。頼めた筋合いのもんでもないしな。けど——虫のいい話かもしれないけど、そこんとこはちゃんとわかってくれてると思ってた。あらためて頼んだりしなかったのは、つまり信じてたからだよ、星野のこと。それだって俺の自分勝手な思いこみだって言われりゃそれまでだけど、少なくとも、星野りつ子ってのは、告げ口とかそういうことだけは絶対しないヤツだと思ってたんだけどな」

途中から星野の唇が小刻《こきざ》みにふるえ始めたことには気づいていたけれど、止まらなかっ

た。僕のほうも、噴《ふ》きあげる感情で体がふるえるくらいだったのだ。

「だ……からこうして、謝りに来たんじゃない」かすれた声で、星野は言った。「悪かったと思うから、謝りに来たんじゃない」

「今さら謝られたって遅いよ」

「とか言っちゃって、どうせうまく切り抜けたんでしょ？」

僕は、思わずあきれて言った。

「そういう問題なわけ？」

「だっ……」

何か言い返そうとした星野が、口をつぐむ。そして彼女は、背中をますますぎゅっとドアに押しつけるようにしながら、小さくつぶやいた。

「……ごめん。そうじゃないよね。私ったら何言ってんだろ、ごめん」

「…………」

「…………」

「ごめんなさい」

「ほんとに、ごめんね」

僕は、こわばっていた体の力をゆっくりと抜いた。

まるで夜中にうなされて目が覚めたときのように、舌の根に苦《にが》い味が残っていた。

「もう――いいよ」

「ううん、よくないよ」今にも泣きだしそうな顔で星野は言った。「だって和泉くん、まだすごく怒ってるじゃない」

「怒ってないって」

「そんな……そんな簡単にいくはずない」

「わかってんならほっとけよ」

「ほら、やっぱり」

「…………」

僕は、ぐっと奥歯を噛《か》みしめた。

鼻から大きく息を吸いこみ、静かに吐き出す。

「怒ってるんじゃなくてさ――ただ、そんなに急に気分は変わらないっていうだけだよ。だいたい、俺のほうだってけっこう筋の通らないこと言ってるんだし……っていうか、かなり勝手だし」

星野の目にうっすらとたまり始めた水っぽいものには気づいていないふりをして、僕は言った。

「今度ガッコで会うときはもう、普通だから。約束する。星野がここまで謝りに来てくれた気持ちは、ほんと、よくわかったからさ」

昼を噛んで、彼女がうつむく。

「けど、話がすんだんなら、今日のところは帰ってくれるかな。自分でも情けないとは思うけど、今日の今日で優しくはちょっとできそうにないし」

夜風が吹き、彼女の短めの髪がぱらりと落ちて、青白い頬《ほお》を隠す。

「……優しくなんか、してくれなくていいよ」

「だから、そういうことじゃないんだって」

苛立《いらだ》ちを抑えきれずに言いかけた僕を、星野の強い視線がさえぎった。

「話だって済んでないもの」

「まだ何かあるのかよ」

「あるよ、いっぱい。聞いたが最後、和泉くんが私のこと大ッ嫌いになるようなこと」

「………」

「なーんて、もうとっくに嫌いだろうけどね」

唇がゆがんだのは、笑ってみせようとしたのだろうか。

数瞬迷ったけれど、やっぱり、言わずにはいられなかった。

「――あのさあ。いいかげん、そういう卑屈《ひくつ》なこと言うのやめろよ」

「…………」

「嫌いになったとかどうとかさ。幼稚園児のケンカじゃあるまいし、こういうことで簡単に嫌いになるような相手だったら、最初からこんなふうに頭にきたりしないんだよ。だいたい、それを言うなら俺のほうがずっと星野にいやな思いさせてきてるじゃないか。今だって星野の気持ち知ってて、こんな勝手なことばっか言ってる。なのにそっちこそ、どうして嫌いにならないいんだよ。いいかげん愛想《あいそ》尽かせよ、こんなやつ」

口にしながら、それこそ自分で自分に愛想が尽きる思いだった。こんな傲慢《ごうまん》極まりないセリフ、何があっても星野が僕を好きでいると高をくくっていない限り言えないはずじゃないか。ったく何様だよ、お前はよ。

苛々を必死に呑み下していると、すぐ横で、星野がふうっと息をついた。

「いっそのこと、嫌いになれたら楽になれるのかな」

見ると、星野はうつむいたまま微笑んでいた。

「でも、それにはね。悪いけど、先に和泉くんが私に愛想尽かしてくれないと駄目みたい。だから、話しにきたの、全部」

「全部って、何を」

「ねえ、和泉くん。どうして私にここの場所がわかったと思う?」

「――え?」

「まさか、私がおばさんに住所まで聞いたなんて思ってるわけじゃないよね」

「え。違うのか?」

星野は、くすりと笑った。

「さすがに、そこまでは聞けないわよ。だっておばさん、和泉くんが私に内緒にしてたってわかったとたん、すっごく気まずそうだったもの」

「じゃあどうやって……」

教えたのがおばさんでないのなら、どうやって知ったのだろう。原田先輩から無理やり聞きだすか何かしたのだろうか、と思った僕は、星野の次の言葉にあっけにとられた。

「和泉くんのあと付けたに決まってるじゃない」

「――は？」

「おばさまと会った次の日よ。大教室で授業のあった、あの日の帰り」

「ちょっ……」

「覚えてる？　和泉くんあの日、部活のあと学生部行って、バイトの掲示板見て、でも良さそうなのが見つからなくて、購買部寄って雑誌二冊買って、」

「ちょ、待てよ」

「それから駅前の電器屋さん入って、何でか知らないけど携帯いろいろ見てまわって、結局買わないで電車乗って、」

「待てってば」

「人ってさ、歩くとき、後ろふり返らないものなんだね。気づかれずにあと付けるのなんて簡単すぎて、拍子抜けしちゃった。あんなに長く和泉くんの後ろ姿じっと見てたの初めてかも」

「おま、それじゃほとんどストーカーじゃないかよ」

かなり情けなくうろたえながら言うと、

「ほとんどじゃなくて、もろそうなんだってば」星野はまた少し唇をゆがめた。「私、ち

ょっと前までは、そういうのって気が知れないとか思ってた。それがまさか、自分がするようになるなんてね。人間ってわかんないもんだよね。――ねえ、もうひとつ教えてあげようか」

「……………」

「ゆうべ和泉くん、ここには帰ってこなかったでしょ。あっちの、かれんさんの家のほうに泊まってたでしょ」

「……………」

「何回か、無言電話あったでしょ」

自分ののどが、ごくりと鳴るのがわかった。

「……嘘だろ？」

星野が、薄い肩をすくめる。

言葉を失って立ちつくしている僕を、まるで笑い泣きのようなおかしな顔で見上げながら、星野は言った。

「どう？　これで少しは、嫌いになってくれた？」

## 6

どこか外に誘うんだった——。

と、後悔するだけの冷静さが戻ってきたのは、狭《せま》いキッチンで星野りつ子と二人きりになり、互いの間に触《ふ》れれば切れるような沈黙がおりてきた後のことだ。

ついさっきの時点では、とうていそんな余裕などなかった。とくに、外の廊下《ろうか》で言い合う僕らの話し声を不審に思ったのか、それまで隣《となり》の窓から聞こえていた水音がふいにやんでシンと静まりかえったとたん、一気に狼狽《ろうばい》が頂点に達した僕は思わず星野が背にしたドアを引き開け、

〈とにかく上がれよ〉

半ば強引に彼女を玄関に押しこんでしまっていた。これから隣人となる相手に、いきなりこんな修羅《しゅら》場《ば》を見られたくはなかったのだ。

その星野は今、キッチンの入口につっ立ってあたりをじろじろと見回している。

「——座《すわ》れば」

ダイニングの椅子《いす》を示しておいて、僕はすぐに隣の洋室の電気をつけにいった。さらに、ベッドのある四畳半との間仕切りの引き戸を閉めかけたとたん、

「へーえ、けっこう広いじゃない」

ぎくりとふり返ると、すぐ後ろに星野が来て覗《のぞ》きこんでいた。

「二部屋もあるんだ、生意気に。これなら新婚さんでも充分暮らせそうね」

「……勝手に入ってくんなよ」

「いいでしょ、そのくらい。今まで秘密にしてた罰《ばつ》よ」

つんと顎《あご》を上げながらの偉そうな口調は、いつもの星野のようでいて、でもやっぱり違っていた。小さい体のまわりに、高電圧のバリアが張りつめている。

「誰が泊まったの？」

「……え？」

星野の視線をたどると、押入れの前に来客用の布団《ふとん》が畳《たた》んで積んであって、見るなり一瞬、

（……？）

と思ってしまった。

——いや、そうか。そうだった。普段と違うことが立て続けに起こったせいか、今日が昨日《きのう》の続きだという実感がわかない。でも、見れば外のベランダには確かにシーツと枕カバーが干されて夜風に揺《ゆ》れていた。慣れない手つきで洗濯物を干しているやつらの姿を想像して、ようやく少しだけ現実感が戻ってくる。

「もしかして、お泊まりしてったのって……」

あからさまにからかっている目で、星野が僕を見る。

「——違うよ」

星野は肩をすくめ、くすりと笑った。

「ま、そういうことにしときましょ」

カチンときたものの、こんな見え見えの挑発に乗ってたまるかとこらえ、引き戸をきっちりと閉めてキッチンに戻りながら、

「コーヒーでいいかな」

と訊《き》いてやる。

「おかまいなく」

「こっち来て座ってれば」

「ここでいい」

さっさと窓を開けてベランダに出る星野の背中に、心の中で（勝手にしろ）と舌打ちをする。

いったいなんだって、星野といると、こうも押され気味になってしまうのだろう。コーヒーだって別にいれてやる必要はないのだけれど、そうでもしていないと間がもたない。流しの前に立ってやかんに水をくむ、その水音までがありがたかった。沈黙が気になるならCDでもかければいいのだろうが、そうすることで出来上がってしまう一種親密な空間が、今は何よりやばいような気がする。

ラックに伏せてあったマグカップをテーブルに並べ、豆を用意しながら、途中から僕は首筋のちりちりする感じをこらえていた。今ふり返れば、星野がベランダからこっちをじっと見ていそうな気がした。ほとんど確信に近いだけにどうにもふり返れない。レンズで集められた太陽光が紙を焦《こ》がしていくような感触が、うなじのあたりの一点に集中していて、思わずてのひらで拭《ぬぐ》いたくなる。僕のあとを付けたという星野から、ずっとこういう視線で見られていたのだとしたら、どうして気づかずにいられたんだろう。

やがて、お湯が沸《わ》く頃になって、するするとベランダのサッシを閉める音が聞こえ、ふっと外の気配が遠くなった。

「コーヒー、はいったけど」

　呼んだのに返事はなくて、覗きにいってみると、星野は板の間の壁際にじかに腰をおろし、抱えた膝《ひざ》の上に顎をのせてぼんやり床を見つめていた。

「なあ。ここ、椅子とか無いしさ。向こうで、」

「やだ。こっちがいい」星野は頑固に言い張った。「和泉くんも座ればいいじゃない」

「…………」

「そんなに警戒しないでよ。襲いかかったりしないから」

「けどお前、前科があるしな」

　ふん、と星野が鼻を鳴らす。

「まあね、否定はしないけど。でも和泉くんだって、私なんかに襲われて抵抗もできないほど非力ってわけじゃないでしょ？」

　僕は溜《た》め息《いき》をつき、キッチンに引き返した。マグカップを二つトレイにのせて運び、星野との間の床に置いて腰をおろす。

　膝を立て、柱にもたれてしばらくコーヒーをすすっていると、星野は自分のには手をの

ばしもしないまま、ぽつりと言った。

「ねえ」

「――うん？」

「今さらだけど、どうして教えてくれなかったの？　引っ越しのこと」

「………」

「ま、訊くのもばかげてるか。要するに、私にだけは教えたくなかったわけだよね。こういうふうに面倒なことになるのがわかってたから」

近いうちに話すつもりだったんだ――という例の言《い》い訳《わけ》なんて、この期《ご》に及んでは、やっぱり言えるわけがなかった。

「けど……ショックだったよ、すごく」ぷしゅ、と鼻をすすって彼女は言った。「何もさ、

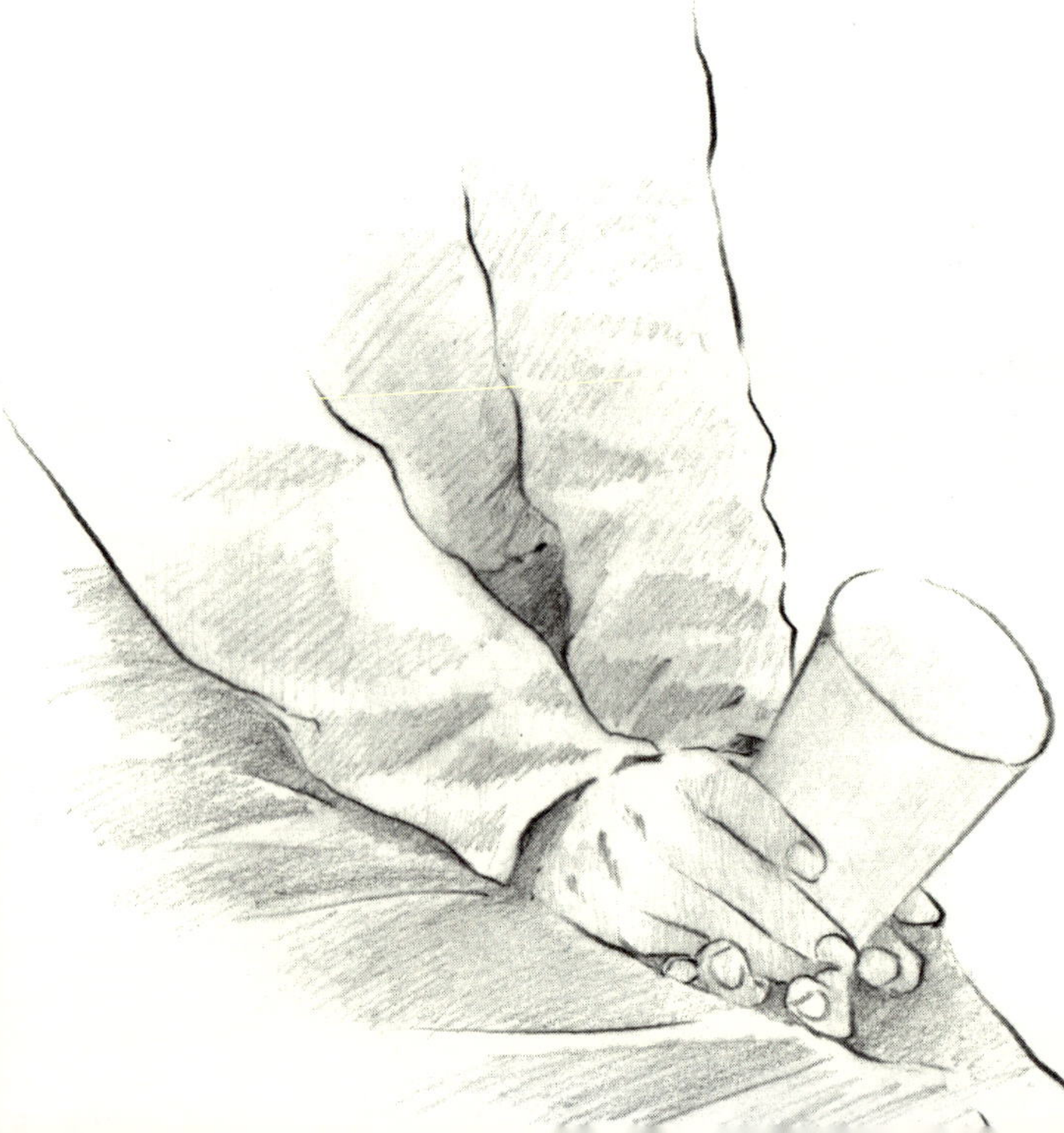

隠すことはないじゃない。ここへ引っ越してきたの、もう二か月以上も前だって？　それからだって私とは何度も会ってるのに、その間ずうっと黙ってたわけでしょ？　どうりで部活の後とか、一緒に帰ることが減ったはずだよね。たまに食事に入った後も、まだ用事があるとか言って一人で消えちゃって……ああいうのも結局ぜーんぶ嘘《うそ》だったわけだ」

「いや、全部ってわけじゃ、」

「ほんっと頭くる」星野は僕にしゃべらせなかった。「そんなに私にここへ来て欲しくないんだったら、一言《ひとこと》、引っ越しはしたけど部屋には呼ばないからって言えばよかっただけじゃない。違う？」

「………」

　そういうことをきっぱり口にできるタチではないからこそ、しばらく隠すほうを選んだのだったが、まあそれ自体が威張《いば》って言えるような話ではない。打つ手打つ手がすべて裏目に出てしまうこの悪循環《あくじゅんかん》を、断ち切る方法はもう嫌というほどわかっているのだけれど、わかっているのと実行に移せるかどうかとはまた別の話だ。

「──悪かったよ」と、僕は言った。「それは、謝る。ほんとにごめんな。ただささ、」

「言い訳なんか聞きたくない」

「……うん。確かに言い訳になっちゃうけど、べつに星野にだけ黙ってたわけじゃなくて、岸本《きしもと》とか安西《あんざい》とかにも言ってないんだし……」

「あのぉ、何のなぐさめにもなってないんですけど」と、星野はかなり意地悪い口調で言った。「岸本くんたちなんかと一緒にしないでよ。あの人たちがこれ知ったところで、私みたいにショック受けるわけないじゃない」

「なんで」

「ばっかじゃないの?」

ほとほとあきれた、というふうに目をみはって、星野は言った。

「それ、ほんとにわかんないで言ってるの? それともとぼけてるの?」

「………」

「私はねえ、和泉くん。悪いけど、和泉くんのこと好きなんだよ? もしかしてそのこと、忘れちゃってる?」

「いや、それは……」

「だけどそんなこと、これ以上いくら言われたって迷惑でしかないだろうから、私としては必死で頑張って、和泉くんの言う『大事な女友だち』やろうとしてたんじゃない。あのとき和泉くんが本気で言ってくれたんだとばかり思ってたから」

「いや、本気だってば」

「そぉかなあ？」思いきりうさんくさい目で、星野がこっちを見る。「言いたくないけど私、ほんと情けないくらい一生懸命だったんだよ？　どうしても恋人にはしてもらえないんなら、最高の女友だちになってやるって……和泉くんがたとえかれんさんにも言えないようなことでも、私にだったら言ってくれるくらいの、それこそこれから十年くらいたって、お互い別の人と結婚とかしてても、たまには外で会って一緒にお酒飲んだり悩みごと相談したりできるみたいな、こう……何ていうの？　ちょっといい関係っていうの？　そういう、他じゃ絶対替えのきかない存在になってやるんだって、無理やり自分のこと納得させてさ。なのに……何なのよこれ。住所変わったことさえ教えてくれないで、会うたび適当に流してごまかして、そのとぼけた顔で山ほど嘘ついてさ——そういう扱いを平気でできる相手のことを、和泉くん的には『大事な女友だち』って呼ぶわけだ？」

「いや、だから、」

「人のことバカにすんのもいいかげんにしてよね」

そのとき、携帯が鳴った。

ヴ・ヴ・ヴ・ヴ・ヴ・ヴ……。ヴ・ヴ・ヴ・ヴ・ヴ・ヴ……。帰りの電車に乗るときマナーモードにしたきりの携帯が、キッチンのテーブルの上で震動している。

「出れば?」

と星野。

「――いいよ」

「出ればいいじゃない、私なら構わないから」

言い終わらないうちに、音はやんだ。ずいぶんと遠慮深い感じだった。かれん――かもしれない。さっきまで会っていたのだから特に急用とも思えないが、初めて一緒に選んだ携帯を試したくてかけてきたのかも……。

〈携帯ってなんだか、かけるのに少し勇気がいるのよね〉

夕方、自分のものになったばかりの白い携帯を眺《なが》めながら、そんなことを言っていたかれんを思い出す。

〈ふつうの電話と違って、行く先々まで相手を追いかけてつかまえる、みたいなことになっちゃうじゃない? かけるほうは自分の都合のいい時にかけられるけど、受けるほうにしてみれば、いつも突然かかってくるわけだし……そのとき相手が何をしてるにしろ、私

の電話がそれを邪魔して迷惑かけちゃうことになるんじゃないかと思うと、ついつい気が引けるっていうか……。考え過ぎかなあ〉

〈いいんじゃないの〉と僕は言った。〈そういうとこまで考えちゃうお前って、なんかいいと思うし。ただ、少なくとも俺に関してだけは、そういう遠慮は絶対ナシにしてくれよな〉

〈どうして？〉

〈だって、かかってきた電話を迷惑と思ったりするのはさ、かけてきた相手よりも大事なことをやってた場合だけだろ？〉

めずらしいことにかれんは、それだけで僕が言外ににじませた意味をちゃんと汲《く》み取ってくれたらしく、はにかむような何ともいえない上目づかいで僕をきゅっとにらんだ。

〈大丈夫だよ〉と僕は言った。〈電話を受ける側にだって、ほんとに手が離せない時は出ないって選択があるんだからさ〉

今かけてきたのが本当にかれんだったとしたら――と思ってみる。僕がすぐに出ようとしなかったのを、彼女はどんなふうに受け取っただろう。今はそれこそ迷惑なんだとでも思って、それですぐに切ってしまったのだろうか。

――かけてきた相手よりも大事なこと。

もしも誰かに、お前は花村かれんよりも星野りつ子のほうが大事なのかと訊かれれば、僕はきっぱり首を横にふるだろう。あいつより大事なものなんか、僕にはない。

けれど今この瞬間、かれんと話すよりも星野と話すほうが大事か、と訊かれるなら、答は――ためらいながらも――イエスだった。こんなに痩《や》せて小さくなった星野を、あとさき考えずに突き放すだけの〈強さ〉は、僕の中のどこを探してもないのだ。

「あのさ……」

僕の声に、星野の肩がぴくりとなる。

「こういうことって、本来、星野に話すようなことじゃないんだけどさ」

彼女は目だけ上げてこっちを見た。

「俺……アパートを探し始めた時からもう、はっきり決めてたんだよな。しばらくは誰にも言わないでおこうって。うっかり話しちまえば溜まり場になるってわかってたし、それだとわざわざ部屋借りる意味ないし。そもそも何で一人暮らしする気になったかって言ったら、あの家にいたんじゃ、その……つまり、あいつと二人きりになれる機会なんてほとんど無かったからでさ。要するに、俺の下心をそのまんま形にしたのがこの部屋ってわけで……そこまでして手に入れた時間と空間を、正直、誰かに邪魔されたくなかった。なんかこう、とにかく、秘密にしときたかった。だから岸本たちにも先輩たちにも言わなかったんだ。まあ、行きがかり上、原田先輩にだけは白状する羽目になったけど」

星野の眉《まゆ》が動くのを見て、

「うん、原田先輩だけは知ってるんだ」と僕は言った。「ほら、星野が具合悪くなって、先輩と家まで送ってってったことがあったろ。あの帰り。……けど、先輩のこと恨まないでくれよな、口止めしたのはこっちなんだから。——あ、いれなおそうか？」

星野は、ようやく手にとったマグカップを口に運びながら、かぶりをふった。

「いい」

「けど、さめちゃっただろ」

「いいってば」

そして、まるでカップの中に言葉を落とすような感じで、ぶすっと付け足した。

「和泉くんのいれるコーヒーは、さめてもちゃんとおいしいんだからいいのっ」

その瞬間——。何だっていうんだろう、急に胸がしめつけられるように痛んで、僕はうろたえた。星野の何げない一言は、僕の中で今いちばんもろくなっている部分をまっすぐ

に衝《つ》いたのだ。

鼻腔《びこう》の奥のほうで、ちょうどひじをぶつけた時にも似た、痺《しび》れるような痛みがうごめいている。気づかれないように息を詰《つ》めて、その情けない衝動《しょうどう》をやり過ごしていると、星野がふと、まるで僕の身代わりみたいな大きな息をついた。

「……ずみくんはさ」

「え？」

「さっき、そういうのは私に話すようなことじゃないって言ったけど、私は、ほんとはそういうことこそ話して欲しかったんだよ」

「………」

「せっかくこうして自分だけのお城を手に入れたんだもの、誰にも邪魔されたくなかったって気持ちは、私にだってよくわかる。でも、たとえばだけど……これこれこういうわけだから誰にも内緒にしておいてくれって、そんなふうに言ってくれてたら——私、死んでも秘密守ったし、二人の邪魔なんかしなかった。まあ、和泉くんにしてみれば、私には特に言いにくかったってことなんだろうしね、それもよくわかるんだけど、でも何がショックだったって、和泉くんが私のこと全然信用してないんだって思い知らされたのが一番ショックだったの」

「いや、信用してないとかそういうことじゃないよ」

「そういうことだよ」

「………」

「けど――もういいんだ、べつに。こうやって責めるようなこと言ってるけど、だからって謝ってもらいたいわけじゃないし。私のほうこそ、おばさんにばらしちゃったこと、和泉くんに謝らなくちゃと思ってここまで来たけど、それだって許してもらうためじゃないし」

「……？」

「言ったでしょ？　嫌いになってもらうために来たんだって」

　思わず舌打ちがもれた。

「まだそんなこと言ってんのかよ」

「ううん、何も悲劇のヒロイン気取ってるわけじゃないの。さっきも言ったけど、そうでもしないと和泉くんのことちゃんと思い切れないんだってことが、私なりによくわかっただけ。ねえ、和泉くんのあと付けたのだって、ほんと言うと一度だけじゃないんだよ？

この前の晩、かれんさんと公園のベンチでデートしてたのだって知ってるもの」

「な……！　ま、まじかよ、どこまで見たんだよ！」

「ふうん。ってことは、見られると困るようなことしてたわけね？」

　ぐっと詰まった僕を見て、

「ふふ、どうかしてるよねぇ」星野は、鼻にしわを寄せて自分を嗤《わら》ってみせた。「うん、ほんと、どうかしてる。それはよくわかってるの。でもね、自分でもどうしようもないんだ。言っとくけど、あの晩、和泉くんとかれんさんを見かけたのは、たまたまだよ？　まだ引っ越しのことおばさんから聞かされる前だったし。私はただ、偶然駅のそばで和泉くんたちを見かけて、何となく公園までついてっただけ」

「何となくって……なんでそんなこと」

「そりゃあ、気になるからにきまってるじゃない。見たくないんだけど、見ずにはいられないっていうか。でも、それ以上にね。ここまできたらもう、二人が実際にイチャイチャしてるとこでも見ないと覚悟決められないかなって思って。だって、何ていうか、自分でもいいかげん、バカみたいだと思うわけ。この世に男は和泉くんだけってわけじゃないのに、なんでこう、潔《いさぎよ》くあきらめられないんだろうって。こういうのってもう、好きとかいうよりただの執着《しゅうちゃく》に過ぎないのかな、とか、意地になってるだけなのかな、とかね。けど、」

　もう一度、ふう、と大きな息をついて、

「そうじゃなかったみたい、やっぱり」と、星野は続けた。「あの晩——噴水《ふんすい》のずっとこっち側からだったけど、和泉くんたちのこと見てて……かれんさんの残したお弁当を和泉くんが受け取って、当たり前みたいに食べ始めたのが見えただけで、もう……なんかもう、ダメで……。イチャイチャどころか、たったそれくらいのことで涙ぼろぼろこぼれてきちゃって……」

　あっは、と笑うと、星野は急いで目の下をぬぐった。「やだ、思い出したらまた泣けてきちゃった。ごめん、気にしないで」

「——そう言われても」

「いいんだったら。『思い出し笑い』があるんなら、『思い出し泣き』っていうのがあったっていいでしょ?」

「………」

「とにかく、たったのそれだけだから和泉くん、安心して。あのあと二人で、見られると

困るどんなことしたのかは知らないけど、私、全然見てないから。っていうか、見てるのもばかばかしくて帰ってきちゃったから」

そう言うと星野は、手の甲を鼻の下に押しあてるようにしながら、

「ねえ、悪いけど……」詰まった声できまり悪そうにつぶやいた。「そこのティッシュ、一枚くれる？」

隅《すみ》のほうに転がっていた箱を引き寄せ、二、三枚抜き取ってやる。

「ありがと」

律儀《りちぎ》に礼を言って僕のほうへのばす手首が、白々として細い。頼りないことといったら、まるで小鳥の首みたいだ。

なんだか、もう、たまらなかった。

鼻のあたまも目のふちも真っ赤にして、それでも僕の前ではもう泣くまいと唇をかみしめる星野りつ子を見ていたら、心臓のひと隅がずきずきと疼《うず》いて仕方なかった。

心臓のひと隅――。

正直なところ、そこはこれまで、ただ一人かれんを想う時にしか決して痛まなかった場所だった。ふだんどんなにせつない思いをしようと、それがかれんに関することでない限

り、心臓のその場所だけはしっかりと痛みから守られていたはずなのだ。かれんに対して抱くのと同じ種類の想いを、星野に対して抱いたことなど一度もない。それははっきり断言できる。なのに、心臓のその場所に痛みを感じているというだけで、充分にかれんを裏切っている気がして、ほんとにもう、たまらなかった。頼むからいいかげんに勘弁してくれという感じだった。

とはいえ——この際、もっと正直になるなら——かれんに対する気持ちと星野に対する気持ちの間には、共通点もまるきり無いわけじゃなかった。一言でうまく言い表すのは難しいけれど、あえて言葉にするならたぶん〈ほっとけなさ〉みたいなもので、もしかするとその点に関しては、そう、あくまでもその点に関してだけだけれど、今のところ星野のほうがかれんよりむしろ上かもしれなかった。なぜなら、かれんのほうは今、とにもかくにも自分の向かうべき道を見つけて僕の前を歩いているからだ。〈ほっとけない〉どころか、ぼやぼやしているとこっちが置いていかれてしまいそうなほどだからだ。

星野に対する感情が、かれんへの恋とはまったく別のものであるにもかかわらず、僕がこんなに後ろめたさを感じてしまう原因はそこにあるのかもしれない。かれんを追いかけてひた走り、何とか肩を並べようと必死にもがくことよりも、いま目の前でつまずいてな

かなか立てずにいる星野に手をさしのべてやるほうが、僕にとってはずっと楽で、自然で、気の休まることではあるのだ。はるか前方を走られる劣等感にさいなまれることもなければ、思うように距離を縮められない焦《あせ》りに苛立《いらだ》つ必要もない。無理に背伸びなんかしなくても、ありのままの、等身大の自分でいられる。

と——、使ったティッシュを小さく丸めていた星野が、ふいに言った。

「同情だけは、しないでよね」

思わず、ギクリとなる。

「——するかよ、そんなの」

「絶対よ。それでなくてもズタボロなのに、このうえ憐《あわ》れまれたりしたら死んじゃいたくなるから」

「だから、しないって」

いま星野に感じているこの〈ほっとけなさ〉が、同情なのかそうでないのか、ほんとうは自分でもよくわからない。わからないままに、

「だいたい、そんな余裕無いよ」と僕は言った。「こっちだって、星野に同情できるほど色々うまくいってるわけじゃないし」

「ふん。とか言っちゃって」

「いや、マジで。あいつとのことだけじゃなくてさ、俺なんかここんとこ、いっそ誰かに同情してもらいたいくらい最低の日々だもん」

「あ、そ」

興味なさそうに肩をすくめてみせたくせに、星野が一瞬まっすぐにこっちを見たのがわかった。睫毛《まつげ》がひらっと動いて、すぐまた伏せられる。

やがて、彼女は言った。「何か、あったの?」

「――まあ、いろいろね」

「別に、かれんさんとうまくいってないわけじゃないんでしょ」

「――たぶんな」

「じゃあいいじゃない」

「俺だって何も、恋愛方面しか悩みがないってわけじゃないし」

「あ、やな言い方。それじゃ恋愛方面でばっかり悩んでる私がばかみたいじゃない」

「いや、そういうわけじゃ……」

「私だって、たまには恋愛以外のことで健康的に悩んでみたいわよ」皮肉なかたちに口を

曲げて、星野は言った。「最後にごはんを美味《おい》しいって思ったのがいつだったか、もう忘れちゃったもの」

「…………」

「で、何？　かれんさんのことじゃないなら、いったい何がそんなに最低なわけ？」

「いいよもう、俺のことは」つい、ぶっきらぼうになってしまう。「そっちこそ、まだ話があるんじゃないのかよ」

「え？」

「さっき言ってたろ？　俺に嫌われるためにどうとかって話だよ。それって、ただ公園まで俺らの後を付けたってことだけか？」

「……ほかに、まだ必要？」

「なんだよ、ほんとにそれだけなのかよ」と僕は言った。「何かと思うじゃないか」

「後まで付けられたのに、腹が立たない？」

「そりゃ立つけどさ。そういうのと、星野のことを嫌いになるってのとはまた別……」

ふっと奇妙な感じにとらわれて、僕は口をつぐんだ。

何なんだ、このやり取りは。これじゃまるで、恋人からどれくらい愛しているかを試されているかのようだ。どの程度のことをすれば相手が自分を嫌いになるかを確かめるのは、その相手がどの程度自分を大事に思っているかを確かめるのと同じことなんじゃないのか。

〈なんで女ってさ。人を試すようなこと、わざわざ言うかな〉

耳の底に、昼間の丈の声が響く。

黙ってしまった僕を横目で見ながら、

「……そっか」星野は短い溜め息をついた。「じゃあやっぱり、しょうがないか」

「何が」

「ほんとはこんなことまで話したくなかったんだけどね。和泉くんが頑固だからしょうがないや」

「だから何が」

焦《じ》れる僕を見て、星野は苦笑まじりに肩をすくめた。

「ほら、ゆうべ私、かれんさんちにロクでもない電話しちゃったじゃない？　でもぜんぜん気分なんか晴れなくて、それどころかよけいにクサクサしちゃって、バイトの時もふだんなら絶対しないようなミス幾《いく》つもして店長に怒られてさ。勢いで、帰りに先輩の人と飲みに行ったのね……」

脳裏を、ある男の姿がよぎった。いつだったか星野に脚立《きゃたつ》を押さえてもらいながらビデオを整理していた、あの長髪にピアスの男だ。

きっとあいつのことに違いない。見た目よりいい人だ、みたいなことを星野は言っていたけれど、ゆうべ飲みに行こうと誘ったのは男のほうだったのだろうか、それとも星野のほうだろうか。

「どれくらい飲んだかなあ。うん、かなり飲んだと思うけど、記憶が飛ぶほどじゃなかったのは確か。はは、いっそのこと、酔っぱらって記憶がなくなるタチならよかったのにね」

「……？」

僕が目を上げると同時に、彼女はふいっと視線をそらし、どこかサッシの外のあたりを見やった。

「だからさ。……もう、いいかげんわかってよ。結局ゆうべはその後、彼の部屋までお持ち帰りされちゃったってこと」

軽い口調だった。まるで、「新作のホラー借りちゃった」というのと同じくらいに。

そして星野は、いつものように顎《あご》をつんと上げて言った。

「もういっぺん言っとくけど、へんな同情なんかしないでよね。無理やりだったとか、そんなんじゃないんだから。全部わかってて、自分で部屋までついていったんだから」

「……そ……それってつまり……」

どうにかかすれ声を押しだした僕を、憐れむように見る。

「何カマトトぶってんの、男のくせに。ハタチも過ぎた男女が朝まで一緒にいて、何も起こらなかったなんてありっこないでしょうが。今どき、親でも信じないわよ、そんなこと」

「…………」

「ねえ、少しはショックだったりする？」

「…………」

答えられないでいる僕を見て、星野がまた肩をすくめる。

（少しは、だって？）

少し、どころの騒ぎじゃなかった。何か……せめて一言くらいはまともなことを言ってやらなければと思うのに、言葉なんかまるで出てこなくて、頭の中がぐらぐらと沸《わ》いて、視界のすべて、部屋の壁も天井も床も、すべてがゆっくり回転していて、なんで俺こんなにショック受けてんだと思ったら、そういう自分にまで打ちのめされる思いがした。

何の脈絡もなく、また丈の顔が浮かぶ。もしかするとどこかに脈絡はあるのかもしれないが、頭が痺《しび》れてさっぱり働いてくれない。

「これだけは言っとくけど——ヤケになったとかいうのとは違うの」

膝をきつく抱え直して、星野は淡々と言った。

「その先輩のことを好きで付いていったわけじゃないけど、だからって自暴自棄《じぼうじき》だとか、和泉くんへの腹いせだとか、そういうのとは違うの。でもその一方で、この際誰でもよかったっていうのもほんとなの」

よくわからなくて眉《まゆ》を寄せると、それを誤解したのか、星野はうっすら苦笑いを浮かべた。

「軽蔑《けいべつ》した？　いいよ、してくれて。そのほうが、話した甲斐《かい》もあるし」

僕は黙っていた。

後を付けたくらいのことで嫌いにはならない——そう安請《やすう》け合いしたせいでこんな話を聞かされる羽目になったのだ。好きでもない男と寝たからって軽蔑なんかしない、などとうっかり言えば、星野が今度は何を言い出すかと思うと恐《おそ》ろしくて何も言えなかった。

「ほんとにね、誰でもよかったんだぁ」

膝を抱えたせいでいっそう小さくなった星野は、床を指でなぞりながらつぶやいた。

「ゆうべはとにかくもう、殺人的に寂《さび》しくて、息を吸ったりはいたりするのもつらくて。……ねえ、和泉くん、知ってる？　寂しい気持ちって、痛いんだよ。とくに、心臓の背中の側が。ほんとに、ちぎれるみたいに痛くてたまんないの。あのまま一人でいたら私、一晩もたなかったかも」

「――もたなかった？」

おうむ返しの僕の問いに、星野は答えなかった。

「何ていうのかな……寂しいのと寒いのってそれほど似てないんだけど、すごく寂しいのとすごく寒いのって、似てる気がする。だって、すごく寒いときに毛布か何か渡されたら、文句なんか言わずにありがたく受け取るじゃない。この色はいかがなものかとか、模様がどうとか、言わないじゃない絶対。――つまり、そういうこと」

「………」

「とにかく、誰でもいいから、ちゃんとかまってもらいたかったの。私のことを見てもらいたかったの」

「わかる……けどさ」やっとの思いで、僕は言った。「わかりはするけど――頼むからそんな、誰でもいいとか言うなよ」

「じゃあ、和泉くんがいい」

「え」

「そう言われると、困るでしょ？」

「………」

「なら、無責任なこと言わないでよ」

「――ごめん」

星野がまた苦笑する。

「ねえ」

「……うん？」

「けっこうね、いい人なの、その先輩。見た目は軽いけど、面倒見がいいっていうか」

「うん。前にも聞いた」

「そうだっけ」星野は少し眉を上げて僕を見た。「そっか。まあ、そのせいもあるんだと思うけど、成り行きでそういうふうになっても、ヤな感じはしなかったのね。後からべつ

に薄ら寒い気持ちになったりもしなくて、ただ抱き合ってるだけであったかくて……それだけで私、涙が出るくらいほっとしたの。毛布なんかより、人肌がいちばんあったかいってほんとだね。体がつながってるだけで何となく安心できるっていうかさ。私だって魅力がないわけじゃないんだって肯定してもらえる感じがして、それが相手から求められてのことだとよけいに、自分が必要とされてる気がして……なんかうまく言えないけど、こんな私でも要《い》らない人間じゃないんだって思えるっていうか。――わかるでしょ？　和泉くんだって、かれんさんと抱き合ってる時には、ちょっとくらいそういうふうに感じることあるでしょ？」

僕は、黙っていた。

「それとも、いつだって自信満々だったりする？」

「……星野」

「でも、そうだよね。和泉くんのとこは、ずうっと前から両想いなんだもん、そんなふうに卑屈《ひくつ》になる必要ないか」

「星野、あのさ」

「そうでなくたって、ふつうは恋人とベッドで抱き合ってる時にいちいちそんなこと考えないよね。こんなことでビクビクおびえたりするのなんか、」

「星野！」

「私ぐら……い……」

ようやく僕の声が届いたのか、彼女がすうっと口をつぐむ。ボリュームのつまみを唐突に絞《しぼ》るような黙り方だった。

その目がのろのろと動き、それでもどうにかちゃんとこっちを見るのを待ってから、僕は、低く言った。

「あのな、星野。そういう気持ちって俺、頭では理解できるけど、ほんとうにはわかってやれないと思う」

「——そっか」ぽつりとつぶやく。「うん、たぶんそうじゃないかと思った」

「違う。星野お前、誤解してる。俺が言ってるのはそういう意味じゃなくて、もっとすごく単純っていうか、いっそ笑えるくらいの話でさ」

ひとつ大きく息を吸いこみ、腹をくくる。

「つまり、わかってやれないのはただ単に、俺にはまだあいつとそこまでいった経験がないからってことなんだ」

「そこまでって？」

黙って星野を見つめ返す。

だんだんと、彼女の顔つきが変わっていくのがわかった。

「まさか……冗談でしょ？」

予想したとおりの言葉だった。

「冗談なんかじゃない。ほんとのことだよ」

「なんでそんな嘘つくの？」と、星野はひどく平板《へいばん》な声で言った。「そんな見えすいた嘘でごまかせる気でいるなんて……和泉くん、私のことバカだと思ってるでしょ」

「思ってないって」と僕は言った。「星野こそ、なんで嘘だなんて思うんだよ」

「だって、あり得ないじゃない。かれんさんと実際に付き合い始めてから、もうどれくらいたつって言ってた？」

「一年半と少し、かな」

「この部屋で一人暮らしを始めてからだってもう、」

「二か月とちょっとたつ」

「それで、一回もしたことないって？　変だよ、そんなの。いくらなんでも不自然じゃない」

「まあ、常識からいったらそうかもしれないけど、しょうがないだろ。俺らにとってはそれが自然だったんだから」

(とりあえず、これまでのところは)

と胸の中で付け足す。

「嘘だね、ぜったい」きっぱりと星野が首をふった。「信じない」

「別に信じなくてもいいけど、事実はそうなんだよ」

でも——改めて考えてみれば、星野が疑いたくなるのも無理はないのかもしれなかった。僕だって、同じことを誰か他の人間が言ったら信じなかったかもしれない。

「一緒にいて……」

「なに?」

「あのひとと一緒にいて、いっそのこと押し倒しちゃいたいとか思わないの?」

こちらを見もせずに言う。

「なわけないだろ。何度も気がへんになるくらいそう思ったよ」

星野がふっと笑った。「それでも我慢《がまん》しちゃうくらい、好きってことだ」

「………」

「はっ。ごちそうさま」

僕は、やれやれと首をふった。

「なんでそう、いちいち曲げて取るかな。そういうことが言いたいんじゃないことくらい、ほんとはわかってんだろ?」

星野は、黙りこくって床をにらんでいる。

こういう場合——つまり、僕とかれんがまだ最後まで行っていないと聞かされた場合、星野の立場なら内心喜ぶかホッとするものなんじゃないかと僕なんかは簡単に考えていたのだが、現実はそうシンプルなものではないらしい。彼女の目はむしろ、さっきまでよりもさらに暗さを増したように見えた。

「なんか……」と、星野がつぶやく。「なんかすっごい腹立ってきた」

斬《き》りつけるような口調だった。

「だいたい、そんなんで何がわかるの?」

「どういう意味だよ」

「プラトニックも結構だけど、抱き合いもしないで何がわかるのって訊いてんの。いいかげん大人の男と女が、これだけ付き合ってるのにエッチもしないで、それでほんとに相手のことわかってるなんて言えるの？　ちょっと聞いたらお互い相手のこと大事にしてるみたいに聞こえるけど、案外それって、大事なことから逃げてるだけなんじゃないの？」

　痛いところを突かれて、ついムッとなる。

「そういう星野はどうなんだよ」と僕は言った。「一晩寝ただけで、相手の男の何がわかったっていうんだよ」

「私の話なんかしてないよ。だいたい私の場合は、彼が好きでそうなったわけでも、そもそも長く付き合ってるわけでもないもの。でも和泉くんのとこはそうじゃないでしょ？」

「…………」

「もしかして」星野がフン、と鼻を鳴らす。「かれんさん、わざと焦らしてるんじゃないの？　年上の余裕でさ」

「ばか言えよ」

「そうやって自分の値打ちをつり上げてたりして」

「ばか言えって」

「そうかな。和泉くんの目が曇《くも》っちゃってるだけかもよ。言っちゃ悪いけど、あの人って

ちょっとそういうタイプだもん」

「そういうってどういう」

「男に媚《こ》びるっていうかさ」

「星野」

「和泉くんとかマスターとか、あと中沢さん？　とかから見れば、あの天然っぽいとこがたまんないのかもしれないけど、あんなの天然でも何でもないわよ。はたから見てたらわざとらしくて鳥肌立っちゃうことあるもの。男ってほんっと単純。ああいう楚々《そそ》とした美人がちょーっとドジだったり、ちょーっとトロかったりするだけで、ころっとまいっちゃってさ。マタタビ嗅《か》がされた猫じゃないんだから、もうちょっとシャンとしろって感じ？こいつは俺が守ってやらなきゃとか思うんだろうけど、ああいう女ってほんとは誰よりしぶといのよ。殺しても死にゃしない図太い神経してるくせに、わたしは虫も殺せません～、蚊《か》に刺されても倒れます～、みたいなふりしちゃって、計算高いっていうかしたたかっていうか、どうすれば男にチヤホヤしてもらえるかよく知ってるのよ。そのうえで、上手に可愛《かわい》くふるまえる。いい年して今さらブリッコもないでしょうに、あれが芸能人だったら真っ先に女性週刊誌でバッシングにあう……タイ……プ……」

すうっとロウソクが消えるように、星野が黙った。

僕の視線に、ようやく気づいたのだ。

「や……」口を半開きにした彼女の顔が、みるみるうちに青ざめていくのがわかった。

「やだ、ご……ごめん……」

唇が、おかしいくらいわなわなと震《ふる》える。

「ごめんなさい。こんなこと言うつもりじゃ……ほんとに、こんなつもりじゃ……」

「………」

「こんなこと、ほんとは思ってないの、信じて。ほんとに思ってない。かれんさんが素敵な人だってことくらいわかってる。和泉くんが好きになるの当たり前なくらい、素敵な人だって……わかってるんだけど、なんかすごくむしゃくしゃして、和泉くんのいやがることいっぱい……いっぱい……」

両目に涙が満々とたまっていく。

「ねえ、なんで?」下唇をかみしめながら、星野は口で息を継ぎ、とうとう、悲鳴のような声で叫んだ。「私だって好きなのに! ううん、私のほうが好きだよ! かれんさんなんかより私のほうが、ずっとずっと和泉くんのこと好きだよ。気持ちじゃ絶対負けないよ。

なのに、なんでなの？　なんでダメなの？　ねえ」

　何も、言えなかった。

　全身の皮膚《ひふ》がひりひりする。まるで神経がむき出しになったみたいだ。もしかしたら星野の言うとおりなのかもしれないと思った。本当に、かれんより星野のほうが僕を好きなのかもしれない。かれんが僕を想ってくれる気持ちがどの程度のものなのか、僕にはいつも実感できなくて、だから自信が持てなくて……。

「ああもう、やだ」星野は洟《はな》をすすり上げた。「こんな気持ち、いくらぶつけたって和泉くんのこと困らせるだけなのに……わかってるのに……ねえお願い、嫌いにならないで」

　言ったとたんに、星野ははっとなった。

「――じゃなかった、何言ってんだろ私。なっていいよ、嫌いになっていい。最初からそのために来たんだった、あははは……」

　かろうじて笑っていると言えるのは、大きく開けた口の形だけだった。あははは、と棒読みのように言いながら、星野は大粒の涙をぼろぼろこぼして泣いていた。ほんとうに、全身の血を絞るようにして泣いていた。

　言ってることは支離滅裂《しりめつれつ》だけれど、星野がそれを僕の気をひくためにしているのでない

ことはもうわかっていた。百歩譲《ゆず》って、たとえ少しはそうだったとしても、だからどうだというのだろう。僕だって、もしもあの時かれんが僕の気持ちを受け入れてくれなかったら、今ごろは星野のようになっていたかもしれない。大きくふくれあがりすぎた感情をおさえこんでおくことができずに、望みもしない形で爆発してしまっていたかもしれないのだ。まるで原子炉の事故みたいに。

こみあげる嗚咽《おえつ》を、星野はひとつひとつ呑み下すようにして泣き続けている。

その足もとから、僕は半分以上中身の残ったマグカップを取って立ちあがった。僕が見ていないほうが、星野も泣きやみやすいんじゃないかと思ったのだ。

キッチンへ行って、二人ぶんのコーヒーをいれなおす。

新しい豆から挽《ひ》き、ゆっくり丁寧《ていねい》に落とし、やがてそっと戻った時には、星野は大きく息を吸ったり吐いたりしながらてのひらで頬をぬぐっていた。

元の場所にコーヒーを置いてやろうとかがんだ僕に、かすれた声で言う。

「……お砂糖とクリームもいれて」

「めずらしいな。どんくらい?」

「……いっぱい」

つっけんどんではあっても、なんとか普通に口をきいてくれたのがありがたかった。これだって、僕に気を遣ってだいぶ無理をしてるんだろう。

黙って再びキッチンへとって返し、彼女の望み通りにして再び戻ってみると、星野はティッシュを箱ごと引き寄せたところだった。何枚も引き抜き、床にぺたんと座ったまま、ものすごく派手な音をたてて洟をかむ。

以前の僕だったら、こういう時、単純にかれんと比較してしまっていたかもしれない。あの大晦日《おおみそか》の夜、僕の前で泣いたあと、同じように洟をかんで照れ笑いをしたかれんを思いだして、それに比べると星野はやっぱり少々がさつだよな、などと思ってしまっていたかもしれない。

でも、おそらくそういうことではないのだった。こういう時にあえて盛大な音をたててみせるのが、星野りつ子流の照れ隠しなのだ。男の前で洟をかむのが恥ずかしくないんじゃなくて、でもそれ以上に男の前で泣いてなんかいる自分が恥ずかしくてたまらないから、へんに同情されるのがいたたまれないから——互いの間にシリアスな空気が漂《ただよ》うのを邪魔するように、わざと必要以上に音をたてて洟をかんだりしてしまうのだ。たぶん、そういうことだ。

見ているうちに何かこう、脇腹《わきばら》のあたりを指でつつかれるような感覚がこみあげてきて、僕は、何かほかに欲しいものはないかと訊いてやろうとしたものの、寸前で思いとどまった。うっかりそんな訊き方をして、またしても「じゃあ和泉くんがいい」とか答えられても困る。

用心深く言葉を選んで、僕は言った。

「そういえば、メシ食ったのか?」

星野が、微妙な首のかしげ方をする。

「なんか、作ってやろっか?」

彼女は黙ってかぶりをふった。

そして、ひとつ洟をすすっておずおずと言った。

「いっこだけ、わがままきいてくれる?」

「さあな。内容による」

「……じゃあ、やっぱりいい」

「何だよ。言うだけ言ってみなよ」

すると星野は、僕のほうを見ないまま、思い切ったように言った。

「背もたれに、なってくれない？」

「は？」思わず聞き返した。「背もたれ？」

「うん。ちょっとの間だけでいいから。ほんとに、五分でいいの、和泉くんに寄りかかってぼうっとしてたいの。和泉くんは何にもしないでただじっとしててくれればいいから。それだったら別に、かれんさんを裏切ることになんないでしょ？」

「…………」

「はは、やっぱだめだよね。いいの、言うだけ言ってみろって言うからためしに言っ……」

「星野」

「え？」

「――ほんとに、五分だけだからな」

星野が、泣き笑いの顔で僕を見た。左手で描いた似顔絵のような、くしゃくしゃの顔だった。

ごそごそと床の上を移動して、小さな体を僕の立てた膝の間に割りこませると、彼女はおとなしく背中を向けてそっと体重を預けてきた。頭のてっぺんのつむじのあたりを、僕

の喉《のど》もとに押しつけるようにして見上げてくる。

「なんか、もたれ心地がイマイチなんですけど」

「悪かったな。ふかふかのが好みなら、出腹のオヤジにでも頼みな」

ふっと笑うと、彼女は僕の両腕を取り、シートベルトみたいに自分の前に回させた。

ううむ、と思った。これでも、〈和泉くんは何もしないでただじっとして〉いるうちに入るんだろうか。

「私ね……」僕の右手をひろげ、手相を見るようにじっと覗きこみながら、星野はつぶやいた。「人を好きになるって、もっと幸せな気持ちのするものだと思ってた」

僕は、黙っていた。

「いいかげん忘れなきゃいけないってわかってるのに、どうしてうまくいかないんだろ。――ねえ、忘れるって、どうやるのかな。覚えてるほうは意識すればできるのに、忘れるのはなんでできないのかな。今の今まで好きで好きで好きだったその気持ちを、クリアボタン押すみたいにぱっと消すことなんて無理だよ。箱にしまってカギをかけておいても、その箱はずっと私の中にあるの。いつも箱のありかを意識しちゃう。それを忘れようって思うのは結局、思い出してることと同じなのに、どうやって忘れればいいんだろう……」

ヴ・ヴ・ヴ・ヴ・ヴ、と再びキッチンで携帯が鳴り始める。

でも、星野も僕も、今度は何も言わなかった。

きっちり五回のコールのあと、シン、と鳴りやむまで――いや、鳴りやんでからも――壁にもたれた僕と、僕にもたれた彼女は、ただぼんやりとその音の余韻《よいん》に耳を澄《す》ましていた。

## 7

緑生《お》い茂《しげ》る岬《みさき》の丘の上で、あの懐《なつ》かしい女神像が両手を空へとさしのべている。

遠くの水平線をゆっくりと移動するのは、赤さび色と黒に塗《ぬ》り分けられた大型タンカー。

砂浜はゆるやかに湾曲しながら続き、子ども連れの家族の笑い声が響き、犬を連れた人が散歩を楽しみ、板をかかえたサーファーがてのひらをかざして波の具合を眺《なが》めている。

青くきらめく大海原には、今日も釣《つ》り船が点々と浮かんでいた。

もう何度目になるだろう、この海を見に来るのは……。

最初にかれんについてきて彼女の秘密を知り、子どもみたいに泣きじゃくる細い体を抱

きかかえて時を過ごした場所——僕はいま、その同じ場所に腰をおろして彼女を待っている。彼女の行き先がおばあちゃんのいる老人ホームなのも、僕の背中にあたる防波堤が熱を持っているのも、午後の日ざしが砂に反射してまぶしいのも、あの時とまるきり同じだ。握った砂を手から手に移しかえながら、とんびの舞う空を見上げる。

あたりの風景はまったく変わらないように見えても、海や空の色、そして雲のかたちは、記憶にあるのとどれも少しずつ違っている気がした。思えば、秋のさなかに鴨川《かもがわ》を訪れるのは初めてなのだ。

〈今度の週末、ショーリは何か予定ある?〉

あの晩——つまり、星野りつ子が帰っていった後、ということだが——かれんは電話でおずおずとそう言った。着信履歴を確かめるとやはり二度ともかれんからで、まだぎりぎり起きているだろうと、急いで僕からかけ直したのだ。

彼女は自分のかけた電話のタイミングの悪さをひどく気にしていて、そんな彼女に向かって、

〈ごめんごめん、風呂から出てビール飲んだらついうたた寝しちゃってさ〉

しらじらしく言《い》い訳《わけ》しながら、僕は自分の舌《した》をつかんで引っこ抜きたくなった。

星野りつ子の〈背もたれ〉でいたのは、本当にたったの五分か、六分か、どんなに多く見積もっても十分は超《こ》えなかったはずだと思う。

でも僕は、その行為以上に、それをかれんに言えずにいることが後ろめたくてたまらなかった。後ろめたいから、よけいに言えない。言えないから、さらに後ろめたい。——悪《あく》循環《じゅんかん》の見本みたいな出口のなさだ。

〈べつに予定なんてないよ、全然。どこへだって付き合うよ〉

と僕は請《う》け合い、それでこうして鴨川まで一緒に来ることになったのだった。

後から思うと、この週末はいいかげん何かバイトを見つくろって面接を受けなければと考えていたはずだったのだが、あの夜の僕にそんなことにまで思い至《いた》る余裕などあるわけがなかった。たとえかれんからどれほどの無理難題を持ちだされようと、一も二もなく引き受けてしまっていただろう。

あれはいつの頃からだったか……そう、たしか星野りつ子に少しでも何か食べさせようと外で一緒に食事するようになった頃からだと思うけれど、僕の背中をせきたて始めた焦《しょう》燥感《そうかん》の正体が、今になってようやく見えてきた気がした。

——秘密は、増殖する。

いったん作ってしまったが最後、必ず雪だるま式に、いやネズミ算式に増えていく。僕のなけなしの本能だか理性だかは、あの頃からそれを忠告してくれていたのだ。

気をつけなきゃいけない。後ろめたさのせいでやたらと冷たくなるタイプと、やたらと優しくなるタイプがいるとしたら、僕の場合はおそらく後者だろうし、うっかりしていると何かの拍子にまたしてもかれんから、〈浮気してる男の人ってこんな感じなのかな〉などと指摘されかねない。冗談でも今そんなことを言われたら、顔色を変えずにいる自信はなかったし、そのことがかれんと僕との間に培《つちか》われた大事なものを決定的に損《そこ》なってしまう危険性を考えると、ほんとうに身がすくむ思いがした。

大事なもの。

大事なひと。

それらを決して傷つけたくない、ただそのためだけに作ったはずの秘密が、いつのまにかかえって危険な時限爆弾に変わってしまうなんて、あんまりじゃないか……。

砂に投げ出していた脚を引き寄せ、立てた膝《ひざ》に額《ひたい》を押しあてて、長い溜《た》め息《いき》をつく。目を閉じると、波の音が急に大きく感じられた。

何でこうかな、と苦笑がもれる。これでも、できることはしてるつもりなのに、何でこ

う秘密ばかりが増え、無力感ばかりが積もっていくんだろう。

流されているばかりじゃいけない。どこかで線を引かなくちゃいけないってことくらいよくわかっている。だからこそ、星野にだってあれから言うべきことは言ったのだ。

あの二、三日あと、学生部の前でばったり会ったとき彼女は、照《て》れ隠《かく》しの仏頂面《ぶっちょうづら》でウス、と男の子みたいに挨拶《あいさつ》し、目を伏せた。

〈こないだは、その……ごめんね。迷惑かけちゃって〉

僕は、わざとからかうように言ってやった。

〈一応、自覚はあるんだ?〉

〈ふーんだ、ちょっと下手《したて》に出ればこれだもんね〉

くしゅっと気まずそうに笑って、それから星野は遠慮がちに言った。

〈駄目《だめ》って言われてもしょうがないんだけど……これからも、その、時々はあの部屋に遊びに行っていい？　もう絶対、無茶なこと言ったり、泣いて困らせたりしないから〉

これも、予想していた言葉だった。次に星野に会ったらたぶんそう言われるんじゃないかとは思っていたのだ。だから僕は、用意していた答を口にした。

〈悪いけど――ごめん〉

　刃物で刺されたかのように身をすくませた彼女に向かって、僕は急いで続けた。

〈来られるのが嫌だって意味じゃないんだ。星野のことはほんとに大事に思ってるし、あそこまで色々言ってくれたのにかえって申《もう》し訳《わけ》ないけど、全然嫌いになんかなってないよ。だけど——俺にも、どうしても傷つけたくないやつがいるんだ。こんなふうに言うことで星野を傷つけてるのはわかるし、できるならこんなこと言いたくないけど、でもやっぱり、両方の手は取れない〉

〈……べつに、私の手を取ってって言ってるわけじゃないよ？〉と、星野は言った。〈こないだも言ったけど、ほんとに、一番の女友だちでいたいだけなんだよ？〉

　雑踏にかき消されてしまうくらいの小さな声だった。

〈わかってる。俺だってそう思ってるよ〉

　本当に心からそう思っているのだということが、どうか星野に伝わればいいと願いながら僕は言った。彼女をうながして、人通りを少し脇《わき》へよける。

〈それでも、やっぱりさ。星野があの部屋に出入りしてるの知ったら、彼女が何も思わないはずはないし。これが星野じゃなくたって、誰か女の子が一人で男の部屋に出入りしてりゃ、はたからはそういう関係にしか見えないんだよ。事実がどうかじゃなくてさ。こう

いうことって、理屈《りくつ》じゃないだろ?〉

星野はうつむき、バインダーと教科書を胸のところに抱きしめるようにしながらしばらく黙っていたあと、ようやくかすかにうなずいた。

〈……わかった〉

〈ごめんな〉

星野が、力なく首をふる。

〈だからさ。——今度来るなら、一人じゃなくて、誰かと一緒に来いよ〉

バネ仕掛けのように彼女が顔を上げた。

〈それと、来る時は前もって電話くれよな。いきなりってのはパスだかんな〉

〈で……でも和泉くん、あの部屋のことはほとんど誰にも言ってないって〉

〈うん。だからまあ、来るとしたら必然的に、あの先輩と一緒でよければってことになるけど〉

大きくみはった彼女の目の中を、いくつもの感情のかたまりがよぎっては消えるのを、僕は同じくらい複雑な気持ちで見ていた。

やがて、ようやくそれらの感情を瞳の奥にしまいこむことに成功すると、星野は口をへの字に曲げ、とても彼女らしい仕草で肩をすくめて言った。

〈なんか、究極の選択よね、それって〉

――以来、星野とは話していない。大教室で一度、クラスの子たちといるところを見かけたけれど、彼女は遠くから僕に向かって遠慮がちに微笑《ほほえ》んでみせただけで、そばに来ようとはしなかった。

原田先輩と一緒、という強烈《きょうれつ》な縛《しば》りがあっても、それでも星野はあの部屋に来るのかな、と僕は思った。

先輩は、星野の僕に対する気持ちを知っているし、僕がずっとそれを受け入れてやれずにいたことも、今ではその理由も知っている。星野のほうだって、先輩がそれらすべてを知っているということを知っている。そんな相手に向かって、「一緒に和泉くんのところへ行きませんか」なんて平然と切り出せるものだろうか。それより何より、星野にとって、誰かと一緒にあの部屋に来ることに意味はあるのだろうか。彼女の場合、僕に対してはあくまで一対一の関係を求めてるんじゃないかと考えるのは、こっちの勝手な自惚《うぬぼ》れなんだろうか……。

「あ、いたいたショーリ！」

びくっとなって体を起こすと、すぐ後ろで、まぶしそうに目を細めたかれんが僕を見おろしていた。

紺色《こんいろ》のボートネックのニットに、飾りボタンの並んだ白いパンツ。ゆるやかに波打つ髪を小さな水玉のスカーフでたばね、薄手のピーコート風ジャケットを脱いで腕にかけた彼女は、なんだか新米の水兵さんみたいだった。

「あら。もしかして寝てたー?」

柔らかなアルトが、歌うように言う。

「寝てないよ。なんで?」

「おでこのとこ赤くなってる」

僕が慌《あわ》てて額をこするのを見て、

「ごめんね、うんと待たせちゃって」

かれんはすまなそうに言った。

「いいよ全然。お前こそ疲れたろ。腹は?」

「大丈夫、向こうでお茶菓子ごちそうになったから。ショーリは?」

「俺もさっき、パン買って食った。海を見ながらのアンパンと牛乳、最高だったぞ」

かれんは風になびく後れ毛を片手でおさえながら、ますます申《もう》し訳《わけ》なさそうに微笑んだ。

「ほんとにごめんね。あとで何か、おいしいもの食べよ?」

「気にすんなって。それより、園長先生、なんだって?」

「……ん」

僕の隣《となり》に腰をおろして、かれんはふっと息をついた。

「私のほうさえよかったら、いつからでも来て下さいって」

「――へえ」

「でもそうは言っても、学校のほうを途中で投げ出すわけにはいかないし、実際にはどんなに早くても来年の四月頃からってことになると思うけど。だから、あとのことはもう一度改めてご連絡させて下さいってお願いして、今日のところは待って頂《いただ》いたの」

「……そっか」

僕は、無理をしていることがバレないように、何とか自然な笑顔を作った。

「やっぱ、そういう話だったか。じゃあ、寮の空《あ》き部屋とかの件はクリアできたわけだ?」

「それがね、寮はやっぱり空きそうにないんだけど、かわりに園長先生のお知り合いの方

が、ここしばらく空き家になってた家を貸してもいいって言って下さってるんですって。しっかりした造りだから取り壊《こわ》すにはもったいないけど、人が住まないでいると不用心だし、傷むばっかりだからって。なんでも、昔ながらの古民家でね、庭にはきれいな水の出る井戸もあるんですってよ？」

バッグの中をごそごそと探し、かれんは僕に向かって、

「ほらっ」手書きの地図らしきものをひろげてみせた。「駅からバスに乗ればわりとすぐなの。ほんの十五分か二十分くらいですって」

「つまりそれは、」と僕は言った。「これからさっそく行ってみないかっていうお誘いなわけだよな？」

かれんが、例によってアヒルのくちばしのように唇を結んでコクコクとうなずく。

僕は苦笑して立ちあがり、ジーンズの尻の砂をはらった。

「はいはい。どこへでもお供しますよ、お姫さま」

あの晩、かれんがめずらしく二度も電話してきたのは、その日買ったばかりの携帯が嬉《うれ》しかったからでも、夕方別れたばかりの僕の声がもう一度聞きたかったからでもなかった。

ただ単に、鴨川のホームの園長先生から、会って話したいと連絡があったからだったのだ。

介護の職員枠《わく》に欠員が出たら教えてくれるよう頼んであるという話は、僕もこの前かれんから聞かされたばかりだったけれど、それに対して向こうがすぐに返事できずにいたのは、働き手が足りていたわけじゃなくて、職員寮に空き部屋がなかったためらしい。ホームに勤める人たちへの給与の額は、世間一般の平均的なそれと比べて決して多いものとは言えず、もちろん住宅手当が別に出るわけでもない。となると、自宅から通える一部の職員以外は、原則としてホームに併設されている寮に入ってもらうしかない、というような事情だったのだ。そこへ、今回の貸家の話がふってわいたというわけだった。

まあ原則はあくまでも原則だし、あのホーム自体も民間の施設だから公的機関に比べると融通がきくのだろうけれど、そういったあれこれを差し引いて考えても、園長先生がかれんのためにそこまで親身になってくれるというのが僕にはちょっと不思議だった。彼女が学生時代からボランティアで通っていたこととか、その後も何度にもわたってホームを訪ねたり手伝ったりしていたことがプラスに働いたのはわかるけれど、それにしてもずいぶん見込まれたものだなと思っていたら――。

「じつを言うとね」

鴨川の駅から乗ったバスの中で、かれんはぽつりぽつりと僕に打ち明けた。

「園長先生にだけは、前に仕事の件をお願いした時に、ほんとのことお話ししてあったの。あのおばあちゃんが間違えるくらい私があのひとの娘に似てるのは、偶然なんかじゃないんだってこと。それと、おばあちゃんをここに預けてる人は、私の実の兄さんなんだってこと。今の花村の家族のことや、どうして教師をやめて介護福祉士を目ざそうと思うようになったかってことも、ひととおり全部ね」

昼をまわったばかりのこの時間、バスはすいていて、いちばん後ろの席に座った僕らのほかには前のほうに男の子を連れた若い母親と、互いにとても良く似たおばあさんが二人並んで揺られているきりだった。途中で乗ってくる人もいない。休日でこれなら平日はどんなだろうと心配になるくらいだ。

「そりゃね、ずいぶん迷いはしたのよ」

早々と刈り入れの終わった田んぼを窓から眺めやりながら、かれんは続けた。

「全部打ち明けたせいで、あのホームで働きたいのは単におばあちゃんのそばにいたいからじゃないかって誤解されるのはいやだったし。だけど、あそこに長く置いてもらうつもりでいる以上、そのあたりの事情を隠したままなのはもっといやだったから……それで、思いきって正直に打ち明けてみたの。『ずっと黙ってて、皆さんに嘘《うそ》をつくようなことになってごめんなさい』って謝ったらね、園長先生が――ご本人ももうだいぶお年を召したオヒゲのおじいちゃんなんだけど――笑ってこうおっしゃったの。『人には誰も、いろんな事情があるものですワ』って」

かれんは思い出してちょっと微笑んだ。

「こうして私なんかが言うと、ごく当たり前の言葉にしか聞こえないと思うけど、モショモショの白いオヒゲの奥でそう言われると、なんだか不思議と説得力があってね。ほかの職員さんの中にも、自分の家族をあそこに預けながら働いてる人はいるし、みんなに公平に接することさえ気をつけてもらえば何も問題ないって。身内に対して親身になるのと同じ気持ちをほかの人たちにも向けるようにすればいいんだから、そういう事情はかえって大歓迎ですって言って下さって……」

かれんが話している途中で、若い母親は子どもを抱いて降りていき、それからしばらくして僕らの降りる停留所の名前がアナウンスされた。よく似たおばあさん二人はもっと山の奥のほうに用があるのか、顔を寄せてひたすら話しこんでいた。あるいは用じゃなくて家があるのかもしれない。

僕らの降り立った停留所には、簡単な雨よけの小屋の下に、色褪《いろあ》せた赤いベンチが置かれているほかは何もなかった。あたりを見まわしても、目に映るほとんどは山と林と田んぼばかりで、その田んぼの中の一本の細道が少し上り坂になって何軒かの家々へと続いていた。

古びた家もあれば、新築工事まっただなかの、まだ骨組みだけの家もあった。奥のほうに見える黒っぽいトタン張りの屋根は、おそらく昔は茅葺《かやぶ》きの民家だったんだろう。今では屋根を葺く技術のある人もほとんどいなくなったと聞くし、腐《くさ》らせないためにはああして覆《おお》っておくしかないんだろうなと思って眺めていたら、

「もしかして、あれがそうじゃない？」

かれんが地図と見比べながら指さしたのが、まさにその家だった。

なだらかな坂をのぼって近づいていく。建築中の家の前を通りかかると、真新しい木の香りが漂《ただよ》ってきた。かなづちの音と、のこぎりの音、それにきっと仕事中の職人たちが聴いているのだろう、ラジオから流れる何年か前のヒット曲……。ここでは何もかもがのんびりしていて、どこかの庭先で吠《ほ》える犬の鳴き声さえ眠たげに響く。

二軒並んだ古い農家の前を過ぎ、立派な石垣と垣根に囲まれた比較的新しい家の前を過

ぎると、畑に十本ほど植わったミカンの木の向こうに、その黒いトタン屋根があらわれた。よっぽど分厚い茅葺きだったらしく、家そのものはほんの小さな平屋のはずなのにずいぶん大きく見える。実際、屋根のてっぺんまで含めると二階建てくらいの高さがある。

「あ」と、かれんが嬉しそうな声をあげた。「雨戸、ほんとに開《あ》いてる」

「雨戸？」

「園長先生がね、ここの持ち主の人は今日、用事があって立ち合えないけど、雨戸とカギだけは何とかしてくれるように頼んでおいたから、もし開いてたら中も自由に見ていいですよって。ね、入ってみましょうよ」

「ええ？　いいのかな、ほんとに勝手に入って」

「せっかくのご厚意だもの、甘えちゃお？」

　のびた草を踏んで、かれんが先に立って入っていく。その背中が、見るからにいきいきと弾《はず》んでいる。

　僕は、黙って後に続いた。

　新しく始まるかもしれない生活への期待で、今はただ楽しくてしょうがないんだろうな、と思ってみる。もともと楽天的に出来ている彼女のことだ。僕が普通に思いつく不安材料

なんか——そう、たとえば街なかから離れたこんな場所で一人寂《さび》しくないのかとか、夜は安全なんだろうかとか、近所の人とうまくやっていけるのかとか、バスは一日に何本あるんだとか、そもそも料理もろくに出来ないのにメシはどうするんだとか——そんなこと、ひとつも考えちゃいないに違いない。いったい彼女は、自分がけっこう何にも出来ない女だって現実をどう思ってるんだろう。

——でも。

広い庭と薄暗い家の中とをひととおり見てまわり、今は草に埋《う》もれているたくさんの花木や、透《す》きとおった水を抱いた井戸や、昔ながらの土間やかまどや囲炉裏《いろり》などにいちいち歓声をあげた後で、縁側に僕と並んで腰をおろしたかれんは、ほうっと大きな息をついて言ったのだった。

「ここ、きれいに手入れしたら、びっくりするくらい素敵な家になるわね。暮らし始めて少し慣れてきたら、頑張って原付の免許くらい取ろうかな」

えっ？　と聞き返すと、彼女は僕を見てにっこりした。

「雨の日以外は、バスで通うより気持ちいいと思うの」

「けどお前、免許って……」

「だから、原付のよ。車はお金もかかるし、いろいろ怖《こわ》いし」

「いや、それにしたってさ」

「私だって、そうやって出来ること少しずつ増やしていかないと。あ、そうだ、ショーリ。こんど暇《ひま》な時でいいから、簡単なお料理いくつか教えて？　ご飯とお味噌汁《みそしる》くらいは何とか作れるようになったけど、それだけじゃあんまり情けないもの」

「…………」

　僕が黙っていると、何かを感じ取ったのだろうか、かれんの瞳からだんだんと笑《え》みが消えていくのがわかった。

　長い睫毛《まつげ》を伏せて、庭先の井戸のほうに目をやる。きっちりと積まれた古い石組みは、柔らかそうな苔《こけ》に分厚く覆《おお》われていた。

「……ごめんね」と、やがてかれんはささやいた。「私ったら、一人ではしゃいじゃって」

「謝るなよ。俺こそ、せっかくの気分に水さしちゃってごめん」

「ううん、そんな……」

「気にしないでくれよな。ただ単に、とっくにわかってることを改めて自分に言い聞かせてただけだから」

「わかってること？」

「……うん。すっかり決めちゃってるんだなあ、ってさ。あ、いや、いいんだほんと」何か言いかけようとしたかれんをさえぎって、僕は続けた。「今はまだ、正直言ってちょっとしんどいけど、たぶんすぐに慣れるよ。べつに会えなくなるわけじゃないんだしさ。毎週とはいかなくても、ちょくちょく来られると思うし。――っていうか、来てもいいのかな」

「そんな、何言ってるのよ」かれんが目をみはった。「当たり前じゃないの、そんなこと」

「日帰りで、とか言わない？」

「え？」

「一人暮らしの女の家に、男泊めるわけにはいかないとか言って、六時前の終電で追い返したりしない？」

「や……やだもう、知らない」

急に赤くなって口ごもる。

「じゃあ、押し入れに俺のぶんの布団《ふとん》くらい用意しといてくれる？」

「だから、知らないってば」

「まあ、お前が布団はひとつでいいって言うなら、喜んでつき合うけどさ」

「………」

耳たぶどころか首筋まで真っ赤になってきたので、そのへんで勘弁してやることにした。

「なあ」

「……ん？」

「お前だって、ちょくちょく向こうへ帰ってくるだろ？」

かれんはうなずいて、思いきったように言った。

「そりゃそうよ。たまにはショーリの部屋にも遊びに行きたいもの。いいでしょ？」

「ヤだ」

「え？」

「たまにじゃヤだね」

かれんは赤い顔のまま横目で僕を見て、

「駄々《だだ》っ子《こ》みたいなんだから、もう」

クスクスッと笑った。それだけで、あたりの空気が柔らかくなる。

「けど——俺なんかよりさ。これから先、おばさんたちを説得するほうがもっと大変なん

じゃないの」

「そうね。……そうかも」ふっと吐息《とい き》をつく。「でも、まだ時間はあるから。わかってもらえるように、じっくり話してみる」

「どこまで話すつもり？」

「んー……そうね」

かれんは、うつむいて縁側のへりを指先で撫《な》でた。

「私もこのところ、ずっとそのこと考えてたの。おばあちゃんのこと——って言うか、私がほんとは全部知ってるってこと、いつかは花村の両親に打ち明ける日が来るのかなぁとは今まで漠然《ばくぜん》と思ってたけど、来るとしても何となく、まだまだ先のような気がしてたのね。でも、もしかして今こそがその時なんじゃないかって、そんなふうにも思うの。わざわざ教師を辞《や》めて、ほかの仕事じゃなく介護福祉士って仕事を選んで、ほかのどこでもなく鴨川のあのホームで働きたいってことを母さんたちにわかるように説明してちゃんと納得してもらうためには、いちばん肝心《かんじん》なことを隠してるままじゃ難しいだろうなって。

……ショーリは、どう思う？」

「まあ、確かにそうだろうな」と、僕は言った。「でもさ、お前はほんとにそれでいいのか？　いったん話したらもう、後戻りはできないんだぞ。前にお前、おばさんたちを傷つけたくないって言ってたけど、そのへんの真意をきちんとわかってもらえるように話すのって、けっこう至難の業《わざ》なんじゃないの」

　かれんは片手を頭の後ろにやり、髪を束《たば》ねていたスカーフをするりと抜き取った。指に巻き付けたり、ほどいたりする。

「そうね。私もそう思う。――でもね、だからこそ迷っちゃうの。いちばん私がしたくないのは、母さんたちを傷つけること。それはほんとにそうなんだけど、改めて考えたら、いったい母さんたちのほうは、どういうことにいちばん傷つくのかなあって。よくはわからないけど、たとえばもし私だったらね、大事なことをずーっと秘密にされてたのが後でわかったら、きっと傷つくだろうなって思うの。それがたとえ、私のことを思いやってそうしてくれてたんだとしても、なんだか、どこかで信頼してもらえてなかったみたいで悲しいじゃない？」

「……そうかもな」

　まるで僕らの間のことを言われているみたいで息苦しくなる。

「でも、その一方でね、そう一概《いちがい》には言えないのかなぁとも思ったりするの。だって、私

が花村の家の娘じゃないってことを、父さんと母さんはずっと秘密にしてたわけだけど、それが後でわかった時、私は二人を恨《うら》んだりしなかったもの。それどころか、二人がどれほど細心の注意をはらって私に気づかせないように育ててくれてたかって思ったら——ね？」

かれんが言葉を切ると、待っていたかのように空がすうっと曇《くも》った。後ろの林で、鳥が鳴き交わしている。鋭く澄《す》んだ声の鳥だった。

僕は黙って、隣《となり》の畑で色づき始めたみかんを眺めていた。

やがて、ぽつりとかれんが言った。

「きっと、ひとことで秘密って言っても、いいのとそうじゃないのがあるのね。後ろ暗いだけのもあれば、優しいのも……」

日が陰ったせいか、風がひんやりと冷たく感じられる。吹いてくる向きによって、ラジオの音が大きくなったり小さくなったりする。

さっきからしばらく聞こえていた題名のわからないスタンダードにかわって、今度は耳慣れたイントロが流れ始めた。

『I Just Called To Say I Love You』

スティーヴィー・ワンダーの曲だ。

ゆっくりとしたベースのリズムに、かなづちの音が陽気に重なって響く。案外若い大工なのかもしれない。

――愛していると言いたくて電話しただけ。

どこか平べったい感じの歌声に耳を傾けながら、僕は思わず苦笑《にがわら》いをもらした。

そういう言葉が、臆《おく》せず言えるのなら苦労はないのだ。Love だなんてすかした言葉を、照れずに口にできる欧米人がうらやましい。僕なんか、電話どころかこうして隣にいてさえ、肝心の想いがなかなか伝えられないでいる。ほんとうに伝えたい気持ちほど胸に残って、かわりに焦《あせ》りと、苛立《いらだ》ちと、ついでに、優しいのかそうでないのかわからない秘密ばかりが溜《た》まりに溜まっていく。そうして、隙《すき》さえあれば外に出ようとせり上がってくる。もういいかげん限界だった。少し気を抜くだけで、今すぐにでもあふれて噴《ふ》きこぼれそうだ。

と……。

小指に何か、ひんやりとしたものが触れた。

見ると――見なくてもわかっていたのだけれど――縁側についた僕の手に、かれんがそ

っと触《ふ》れていた。

視線は庭のどこかそのへんに注がれてはいるのだが、全身のアンテナが残らずこっちを向いているのがわかる。

ずっと黙りこくっている僕を気づかってくれたのだろうか。

それとも、彼女自身が何となく心細くなったのだろうか。

いずれにしても、横顔が相変わらず真っ赤なのがすごくおかしくて、こらえたつもりだったのだけれどつい、くすっと笑ってしまった。

彼女は傷ついたような顔で、ようやく僕のほうを向いた。紅潮した頰がぷっくりふくらんでいる。

「笑うこと、ないと思うの」

「ごめんごめん」謝っておいて、僕はまたちょっと嘘をついた。「おかしくて笑ったんじゃないよ」

「じゃあ何なの?」

「嬉しかっただけ。すごく」

言ってから、嘘なんかじゃなくて、そっちが本当なんだと気づいた。

手をのばし、細い指先を握りしめる。かれんは、自分からもう少し手をのばして、僕の手をしっかり握り返してくれた。

見つめあうでもなく、ただ二人で同じほうを向いて手をつないでいるだけなのに、なんだかお互いの体に腕をまわして抱き合っている時よりも深くつながっている気がするのが不思議だった。

まだ経験のない僕にはわからないけれど、もしかすると星野が言っていたみたいに、体をつなぐことで初めてやり取りできるものもあるのかもしれない。もうじき僕らもそれを知っていくことになるのかもしれない。

でも、今こうして互いの指先を通じて流れこんでくる想いを、それよりも薄いものだとか、弱いものだとか、そんなふうには思いたくなかった。

秋風に乗って、スティーヴィーの声がとぎれとぎれに届く。あれもなければこれもない、僕にあるのはただ君を想う気持ちだけ。愛してるよと言いたくて電話しただけなんだ……。

ふと思いつき、僕はつないでいないほうの手をポケットにつっこんで携帯を取り出した。

「どうしたの？」

「うん？」

「誰かからメール？」

「いや……。ああ、助かった。圏外ってわけじゃなさそうだ」

「ちょっと」かれんが慌《あわ》ててまわりを見まわす。「ご近所に聞こえたら失礼じゃない」

そう言うかれんのほうこそ、今にも噴きだしそうだ。

再びポケットに携帯をしまいながら、

「お前がここで暮らすようになったらさ」僕は、できるだけ明るく言った。「毎朝、電話で起こしてやるよ。そしたら目覚まし時計、四つも五つもかけなくて済むだろ？」

「失礼ね、三つしかかけてないわよ」

「いばれるかっての」

かれんの口がとがる。

「……そんなに信用ないの？　私」

「ないない。全然ない」

しゅんとなった彼女の手を、笑ってぎゅっと握りしめる。

「嘘だよ。そうじゃなくてさ。ただ……」

「何よぉ」

「毎朝一番に、お前にちゃんと伝えたいだけ」

「何をよぉ」

握っていた彼女の手を強くつかみ、ぐっと引き寄せた。きゃ、と叫んで倒れ込んでくる彼女の体を抱きとめ、荒っぽく頭を引き寄せる。

そうして僕は、耳元に早口でささやいてやった。今までずっと、胸の奥にはあっても、一度として口に出して伝えたことのなかった言葉をだ。

かれんのことを笑えない。言った僕のほうが、天まで火を噴きそうだった。ほんとにめちゃくちゃ恥ずかしくて、体がよじれて死ぬかと思った。

二人そろって真っ赤な顔をして、ひたすら黙りこくって縁側に並んでいる僕らは、もし今ここに人が通りかかったとしたら、どんなふうに見えるのだろう。きっと、けんかでもしているように見えるに違いない。

ずいぶんたってから、僕はようやく少し気を取り直して言った。

「何だかんだ言ってもさ。——まだ、半年あるもんな」

かれんが、こっくりうなずく。

「それまで、できるだけいっぱい会おうな」

「……ん」

そしてかれんはひとつ洟《はな》をすすると、

「ショーリ」

「うん？」

「あの……。私も……あの、あ……。あ……」

「わかってるよ」と、僕は言ってやった。「無理すんな」


やがて、日がまた姿をあらわした。

雲の加減で、とくに庭先から道をへだてた向こうの田んぼはスポットライトが当たったように明るく照らされていて、咲きかけの彼岸花《ひがんばな》が畦道《あぜみち》に並んでいる様子はまるで、薄紅をひいたみたいに艶《つや》めいてみえる。

この畦道が茶色く枯れ、再び緑色に芽吹く頃には、かれんはもうここの住人なんだな、と僕は思った。

何も特別なことじゃない。次の季節がめぐってくるだけだ。これまでも僕らの間にさまざまな季節がめぐってきたように、今度もまた、新しい季節がやってくるだけのことなのだ。

かれんがこれから本気で佐恵子おばさんや花村のおじさんたちを説得して、春からここに住むつもりなら、それまでに僕がしてやれることはいくつかある。バイトのない休日にはここに来て、庭の草を刈って、羽目板のゆるんだところを直して、井戸にもつるべをつけて、玄関の引き戸には頑丈なカギをつけてやって……。

その間に、かれんはぱたぱたと軽やかな足音とともに走りまわっては、埃《ほこり》を払い、床を掃《は》き、雑巾《ぞうきん》がけをするだろう。黒っぽく煤《すす》けていた家の中はすみずみまでさっぱりときれいになり、そうして日が暮れかかる頃、僕らは台所に並んで夕飯の支度をする。相変わらず無器用なかれんのやつに、何か簡単でおいしい料理を教えてやりながら。

今はそんなふうに、できることのほうを数えていくしかないのだ。あきらめなければならないことをいつまでも未練たらしく数え上げているよりは、前を見たほうがずっといい。

(わかっているならそうしろ!)

僕は、縁側のふちを握りしめた。

わかってるだけじゃ駄目なんだ、行動にうつさなければ。こっちの曇った顔で、せっかく輝いているかれんの顔まで曇らせてしまうなんて、それがお前の望みじゃないはずだろ。

そっと、隣を見やる。

かれんがかすかに微笑んで僕を見つめてくる。


それきり、帰りのバスの時間がくるまでの間、僕らはもうほとんど何も話さずに、草に埋もれた秋の庭を眺めていた。

そうして、ずっと聴いていた。

後ろの林で呼び交わす鳥たちの鳴き声と、遠いラジオから届く懐かしい曲とが優しく混じり合うのを、まるで、一生に一度しかかからないＢＧＭのように。

「おいしいコーヒーのいれ方」シリーズ第八弾、『優しい秘密』をお届けします。

　昨年五月に出た『坂の途中』のあとがきにも書いたとおり、その前の年の暮れからツイてないことばかりが続けざまに起こり（足を折ったり盲腸《もうちょう》になったり、乗った飛行機が落ちそうになったりね）、それで半分やけっぱちのように、ふん、こんなに見事に悪いことばかり続いたからには次こそきっと何かいいことが起こるに違いないさ、と自分に言い聞かせていたのですが——。

　いやはや、ほんとにそうなりました。昨年後半は一転して、大きな〈いいこと〉が転がりこんでくることとなったのです。小説『星々の舟』で直木賞というごほうびを頂く、という形で。

　この作品、ちょっと重めの内容だったけど、読んで下さった方はいるかなあ。半分だけ血のつながった兄妹の、かなうことのない恋の物語であると同時に、もう一つどうしても書きたかったテーマ——戦争というものが人間に残す二度と消せない傷跡——をめぐる小説でもあったから、賞の候補になっていると連絡を受けた時は本当に嬉《うれ》しかったです。最終的な五、六作品に絞られるまでに何度も選考が行われると聞いていたので、よけいにね。

　候補作の公式発表は、くしくも七月十日、私の誕生日でした。何しろ精魂込めて、身の

## POSTSCRIPT

細る思いで書きあげた小説だったから（↑実際には細ってくれませんでしたけども。泣）正直なところ、今の自分に書ける最高のものを書いた！　というくらいの自負はあったのだけど、だからといって結果を待つあいだずっと平然としていられたわけじゃなくて、時々ふっと思い出しては心臓をばたばたっと引きつらせてみたり、駄目《だめ》だった場合に備えて（何しろ候補作の数から言ってもそっちのほうが確率高いんだから）期待し過ぎないようにと気持ちに一生懸命フタをしてみたり……。

　そんな時だったんです。左のてのひらの、薬指の下あたりに突然、小さなホクロが出現したのは。

　じつは私、右手の同じ場所にもぽつんとホクロがありましてですね、これは忘れもしない十年前、『天使の卵《エンジェルス・エッグ》』が小説すばる新人賞の候補になった、まさにその時期に出来たものなんですね。

（と、いうことは、もしや今度のホクロも……。なっはは－んてことはないわな）

なんぞと一応笑いとばしながらも、そのじつ、けっこう大事にナデナデしながら拝んでいたところ――選考会の前日の晩になって、お風呂の中で軽くこすったら、

（………）

取っ、取れやがりました。ぽろっと。どうやらホクロじゃなくて、知らないうちに出来た血豆のカサブタだった模様。

今こうしてふり返ると我ながらあまりの小心ぶりに笑っちゃうくらいなんだけれど、でも、わかってもらえます？　この時の気持ち。こういう時って、ついついゲンを担《かつ》ぎたくなるものなんですよ。

まあ、おかげで発表当日はもうほとんど悟《さと》りの境地で、東京駅前の丸ビルが夏の大バーゲン中だったのをいいことに、ひとり買い物に没頭しながら結果を知らせる電話を待っていましたっけ。それで、決まったとたんに慌《あわ》てて、ジーンズからちょっとよそ行きの服へとトイレで着替え（↑コギャルかお前は）、記者会見の席へ駆けつけたという……。

ま、ともあれ――私にとって、この受賞は素直に嬉しいことでした。直木賞を名誉だと

かステイタスだととらえる人も業界にはいるようだけれど、決してそういう意味でじゃなくて、これがきっかけで村山由佳の小説を読むようになったという人も少しは増えてくれるんじゃないかと思ったからです。毎日毎日、何万という数の出版物が新しく書店に並べられては消えていく中で、私の書いた一冊を手にとって読んでもらうなんて奇跡みたいなものだから、何々賞という字の入ったオビが少しでもその助けになってくれるのは本当にありがたいことですもん。

　このごろね、つくづく思うんです。私たちの一生のうちに起こる〈嬉しいこと〉と〈つらいこと〉の分量は、多くの場合、どちらもだいたい同じくらいのものなのかもしれないな、って。

　いや、もちろん中にはそうでない人もいるでしょう。生まれてこのかた周りがずっと殺し合いをしている国や、あるいは放射能の影響で命がまともに育たなくなった国に暮らして、愛するものすべてを奪われた人に向かってそんなことを言っても何の慰めにもならないかもしれない。

　でも、それでもね、つらいこと以外何一つ起こらない人生というのは、たぶん無いんです。どんなに苦しみに満ちて見える日々のうちにも、声をたてて笑える一瞬はめぐってくる。だからこそ人は何とか生きていけるのでしょう。

　そして、おそらくこれだけは確かだろうと思うのは——悲しみが深ければ深いほど、やがてめぐってくる喜びもまた大きいのだということ。たいしてつらいことの起こらない人生、それはそれで幸せなことには違いないけれど、そのかわり、そういう人生にはおそらく、ほどほどの喜びしかめぐってこないはず。そう、時計の振り子と一緒だと思う。一方に大きく振れるからこそ、反対側にも同じだけ振れるわけでしょう?

〈泣いてパンを食べたものでなければ、人生の本当の味はわからない〉

　というのは、かのゲーテの言葉なんだけど、これ、何かに打ちのめされて気持ちがへこみきった時に思い出すとけっこう効くんですよね。彼は他にもこんなことを言っています。

〈人間は努力するうちは迷うものだ〉

つまり、今の自分に悩んだり苦しんだりするのは、もっと上を目ざそうという気持ちがあるからこそだ、と。最初からあきらめきっているなら悩む必要もないし、苦しくもないはずだものね。となると、迷う気持ちがあるのはむしろいいことなんだとも言える。

とまあそんなわけで、今までにないくらいの運のどん底から一転、今までにないくらいの幸運に恵まれることとなった私としては、これからの人生、苦しいことと嬉しいことのどちらが起こった時にも、この〈時計の振り子理論〉を忘れずにいようと思うわけです。そうして、死ぬまで大いに迷ってやろうじゃないの。うん。

えー、ところで——受賞のあと読者の皆さんから頂いたお祝いのお便りの中には、『星々の舟』がたまたま「おいコー」とはトーンの異なるものだったせいか、〈これからは作風も変わっちゃうのかなぁと心配です〉とか、〈自分だけが知ってたはずの作家がメジャーになっちゃうのがちょっと寂しい〉といった感想もありましたが、なぁーに、大丈夫ですって。そう簡単にメジャーになれりゃ苦労はしませんって（笑）。

それに、書くものについても今までどおり、変えるべきところは変えていくでしょうが、変える気のないところはまったく変わらないことでありましょう。

なので。

昨年の夏から九か月もの間、とんと出る気配のなかったいわゆる〈受賞後第一作〉が、他でもないこの一冊――「おいコー」シリーズの第八巻だったという事実が、私としてはとてもとても誇らしかったりします。だって、なんといっても「おいコー」こそが、この十年という長きにわたって書き手である私と読者の皆さんとの間を強く結びつける役割を果たしてくれていたのだし、同じくこの十年間、大上段に振りかぶったブンガクなんかじゃなくただひたすら切ない小説を読者に届けたいという思いこそが、変わることなく私を書かせてくれていたのですから。

〈――変わりながら、変わらずにあるもの〉

これは以前、『すべての雲は銀の……』という小説の中に書いた言葉でもあって、読んだ方から〈どういう意味なのかなって自分なりにいろいろ考えちゃいました〉と言って頂くことの多い一文なのですが、だいぶ後になってから、あの平井堅さんが同じような意味の言葉を歌っているのに出会いました。〈The Changing Same〉って。素敵な響きの言葉ですよね。

要するに、それこそが、私の書きたいものであり、いつも目ざしていたい場所です。

ふとした時に、本棚から取り出してページをぱらぱらめくるたび、皆さんの胸の中に〈The Changing Same〉が蘇《よみがえ》ることを祈って――。

「おいしいコーヒーのいれ方」は、まだ続きます。

２００４年５月　愛をこめて

村山由佳

POSTSCRIPT

■初出
I JUST CALLED TO SAY I LOVE YOU
集英社WEB INFORMATION
「村山由佳公式サイト COFFEE BREAK」2003年8月～2004年4月

本単行本は、上記の初出作品に、著者が加筆・訂正したものです。

おいしいコーヒーのいれ方Ⅷ
# 優しい秘密

2004年5月29日　第1刷発行

著　者◉村山由佳　志田光郷
編　集◉株式会社 集英社インターナショナル
〒101-8050　東京都千代田区一ツ橋2-5-10
TEL　03-5211-2632(代)
装　丁◉亀谷哲也
発行者◉片山道雄
発行所◉株式会社 集英社
〒101-8050　東京都千代田区一ツ橋2-5-10
TEL　03-3230-6264(編集部)　3230-6393(販売部)　3230-6080(制作部)
印刷所◉大日本印刷株式会社


ISBN4-08-703140-3 C0093

# j-BOOKS ★ COMIC & GAME NOVELIZE

[BASTARD!! Ⅰ〜Ⅲ]《バスタードⅠ〜Ⅲ》
萩原一至◉岸間信明

[CITY HUNTER]《シティーハンター》
北条司◉外池省二

[CITY HUNTER Ⅱ]《シティーハンターⅡ》
北条司◉稲葉稔

[CITY HUNTER SPECIAL]《シティーハンタースペシャル》
北条司◉天羽沙夜

[CITY HUNTER SPECIAL Ⅱ]《シティーハンタースペシャルⅡ》
北条司◉岸間信明

[CAT'S EYE]《キャッツ♥アイ》
北条司◉高屋敷英夫

[電影少女]
桂正和◉富田祐弘

[I"s]《アイズ》
桂正和◉富田祐弘

[ろくでなしBLUES]
森田まさのり◉菅良幸

[Dr.スランプアラレちゃん]
鳥山明◉小山高生◉中鶴勝祥

[新きまぐれオレンジ★ロードⅠ〜Ⅱ]
まつもと泉◉寺田憲史

[新きまぐれオレンジ★ロードⅢ]
まつもと泉◉寺田憲史◉後藤隆幸

[SLAM DUNK]《スラム ダンク》
井上雄彦◉菅良幸

[こちら葛飾区亀有公園前派出所Ⅰ〜Ⅱ]
秋本治◉小山高生

[こちら葛飾区亀有公園前派出所THE MOVIE《ザ ムービー》1〜2]
秋本治◉大川俊道

[地獄先生ぬ〜べ〜]
真倉翔◉岡野剛◉菅良幸

[MIND ASSASSIN Ⅰ〜Ⅲ]《マインド アサシンⅠ〜Ⅲ》
かずはじめ◉映島巡

ジョジョの奇妙な冒険

[ジョジョの奇妙な冒険]
荒木飛呂彦◉関島眞頼◉山口宏

[ジョジョの奇妙な冒険《ゴールデンハート／ゴールデンリング》Ⅱ]
荒木飛呂彦◉宮昌太朗◉大塚ギチ

[明治剣客浪漫譚るろうに剣心 巻之一〜巻之二]
和月伸宏◉静霞薫

[明治剣客浪漫譚るろうに剣心 島原編]
和月伸宏◉安芸良◉室井ふみえ

[小説・北斗の拳]
武論尊◉原哲夫

[BIO HAZARD]《バイオハザード》
朝倉究／フラグシップ◉坂本眞一

[Xenogears]《ゼノギアス》
日下部匡俊◉森下直親

「シャーマンキング1～2」

武井宏之◉三井秀樹

「ヒカルの碁 Boy Meets Ghost」

ほったゆみ◉小畑健◉横手美智子

「ヒカルの碁 KAIO vs. HAZE」

ほったゆみ◉小畑健◉横手美智子

ヒカルの碁

「遊☆戯☆王」

高橋和希◉千葉克彦

「ONE PIECE《ワンピース》」

尾田栄一郎◉濱崎達弥

「ONE PIECE《ワンピース》 ローグタウン編」

尾田栄一郎◉浜崎達也

「ONE PIECE《ワンピース》 ねじまき島の冒険」

尾田栄一郎◉浜崎達也

ONE PIECE

「ONE PIECE《ワンピース》 千年竜伝説」

尾田栄一郎◉浜崎達也

「ONE PIECE《ワンピース》 珍獣島のチョッパー王国」

尾田栄一郎◉浜崎達也

「ONE PIECE《ワンピース》 THE MOVIE デッドエンドの冒険」

尾田栄一郎◉浜崎達也

「ONE PIECE《ワンピース》 呪われた聖剣」

尾田栄一郎◉浜崎達也

「HUNTER×HUNTER1～3《ハンター×ハンター Ⅰ～3》」

冨樫義博◉岸間信明

「SUMMON NIGHT《サモンナイト》 帰るべき場所へ」

都月狩◉飯塚武史

「SUMMON NIGHT《サモンナイト》 私だけの王子さま」

都月狩◉飯塚武史

「テニスの王子様 The Prince Has Come!!」

許斐剛◉影山由美

「テニスの王子様 Begin The Battle!!」

許斐剛◉影山由美

「テニスの王子様 A Day of The Survival Mountain」
SPECIAL 許斐剛◉岸間信明

「キン肉マンⅡ世SP 伝説《レジェンド》超人全滅!」

ゆでたまご◉小西マサテル

「聖闘士星矢 ギガントマキア盟の章」

車田正美◉浜崎達也

「聖闘士星矢 ギガントマキア血の章」

車田正美◉浜崎達也

「NARUTO―ナルト― 白の童子、血風の鬼人」

岸本斉史◉日下部匡俊

「NARUTO―ナルト― 滝隠れの死闘 オレが英雄だってばよ!」

岸本斉史◉日下部匡俊

「BLACK CAT Ⅰ～Ⅱ《ブラック・キャット Ⅰ～Ⅱ》」

矢吹健太朗◉大崎知仁

「Mr.FULLSWING 伝説開幕!」

鈴木信也◉千葉克彦

j-BOOKS ★ ORIGINAL STORY

[黄龍の耳I〜II]
大沢在昌●原哲夫●鶴岡伸寿

[北のオオカミ]
山際淳司●今泉伸二

おいしいコーヒーのいれ方

[もう一度デジャ・ヴ]
村山由佳●志田正重

おいしいコーヒーのいれ方I
[キスまでの距離]
村山由佳●志田正重

おいしいコーヒーのいれ方II
[僕らの夏]
村山由佳●志田正重

おいしいコーヒーのいれ方III
[彼女の朝]
村山由佳●志田正重

おいしいコーヒーのいれ方IV
[雪の降る音]
村山由佳●志田正重

おいしいコーヒーのいれ方V
[緑の午後]
村山由佳●志田正重

おいしいコーヒーのいれ方VI
[遠い背中]
村山由佳●志田正重

おいしいコーヒーのいれ方VII
[坂の途中]
村山由佳●志田正重

[卒業]
高橋三千綱●幡地英明

[完殺者真魅《ジェノサイダーまみ》]
鳴海丈●鶴田洋久

[完殺者真魅II《ジェノサイダーまみII》]
鳴海丈●小畑健

[MIDNIGHT★MAGIC I〜VII《ミッドナイト★マジックI〜VII》]
夢幻●叶恭弘

[魔界西遊記]
夢幻●相崎勝美

[空飛ぶ船]
多岐友伊●鷹城冴貴

[ぼくの推理研究]
我孫子武丸●石月誠人

[死神になった少年]
我孫子武丸●甲斐谷忍

夏と花火と私の死体

[夏と花火と私の死体]
乙一●幡地英明

[天帝妖狐]
乙一●幡地英明

[万物の霊長は猫である]
渋谷英樹●刀根夕子